舊貨是一篇篇說不完的愛

鄭宗弦

瞎掰舊貨攤 4

五彩大龍燈

鄭宗弦著

目錄

推薦文

三心一體，瞎掰舊貨宗師降世

文／教育部閱讀推手・兒童文學作家陳彥冲

請容我也說個故事：

「江郎才盡」是作家的夢魘，承硯才遞出辭呈半年，決定專心完成小說處女作，沒想到，惡夢便找上他。一路寫寫改改，完稿之日遙遙無期。

這天，他決定放下。出了門，也沒方向，信步走在中華路上。白日裡的中華路卸了妝，那些五顏六色的小攤都歇下，整條路被冬陽晒得白晃晃。承硯腦袋裡也是白的，故事的下一頁在哪，他也不知道。

走過國小旁，承硯瞧見一間老得不行的舊書店，像開在上個世紀。裡頭的書挺有味道，誘得他好奇，走進裡頭四處翻看。書挺老的，像是這間店開張時就住著。承硯拿拿放放，沒一本留住視線，直到看見——解答之書——一本薄得只有三張紙的小破書。

承硯聽過像字典一樣厚的《解答之書》，又薄又老的倒是第一本。好奇心促著他翻開，第一頁滿是空白，只在下方寫著：「雙手合十，十問一答」，承硯最愛猜謎，摸著小書反覆琢磨。

「想到了！」他低下頭，雙手合十，將小書夾在手掌間，低頭咕噥。接著，他睜眼，翻開小書：「啊哈！果然！」

「小？」但他很快陷入疑惑，原本的空白處多了一字……

鄭宗弦老師一直都是我的《解答之書》，每次與他談論創作，或是拜讀宗師大作，總能讓小輩茅塞頓開。這次的《瞎掰舊貨攤》系列更是如此，我彷彿書中阿宏，得道了！

此書之所以迷人，在於引發共「感」。在書中，能感受到作者對於生活的細膩觀察，不分古今，事事皆可為故事素材，這讓讀者更容易入戲。而那些有關工作、婚姻、親子、生命等啟發，親近得就像直面著我們說，響鐘入心。

要能創作出如此多故事不容易，必須有宗弦老師這般豐厚的生命經驗，才能從他的「憶」之中，找出高級素材料理。他的故事言之有物，尤其三物：古物、食物、神物。源自作者從小到大的記憶，從故宮古物、傳統習俗、各式傳統藝術，再到紅龜粿、鹹光餅，還有各種神明仙佛，在他筆下活靈活現，細膩動人，他的故事是中華傳統及臺灣在地文化的交融。

最令人佩服他的「思」，能以過人智慧編織文字，將豐富材料、啟示穿梭於字裡行間。你肯定跟我一樣好奇：光藏法師尋人說故事和那些舊貨故事，故事中的眾多故事，如同雞生蛋、蛋生雞的難題，究竟是哪個先開始發想？故事越到高潮，從光藏法師說寓言，到法師為他人故事昇華意義，進而到人生哲理的尋思，層層向上，高啊！

記得承硯的解答之書嗎？知道他問了什麼嗎？其實答案不是「小」，是「忄」啦！鄭老師集三心一體，不愧是瞎掰舊貨宗弦，喔不，是宗師。那是什麼？快翻開看啊！這本充滿巧心的書，溫暖解開人們心事，肯定是你絕不容錯過的開心之書！準備入宗吧！

第一話

福祿壽雙連龜木模

光藏想去擺舊貨攤，一來用說故事度化眾生，二來尋找「瞎掰舊貨宗」的接班人。盧彥勛一聽便想出點心力，直接贊助光藏舊貨，讓他挑選，要多少就給多少。

於是光藏到盧彥勛的倉庫，隨機拿取最靠近自己的五十多件舊貨。盧彥勛搖搖頭，主動加碼，又挑了一百件送給他，還主動講述它們的名稱、材料、用法、背景等相關資訊。

光藏不打算跟盧彥勛一起在太原跳蚤市場擺地攤，因為直覺告訴他，那裡的客人本就是為尋寶而去，不容易找到樂意入宗弘法的人。至於什麼樣的人比較可能有意願呢？他想起講「楠木佛珠手鍊」故事時，那對向大佛祈求的母子。他們心有所苦與所願，為了得到解脫，是比較能將故事聽進心裡的人。如果能感動這類人，應該能進一步引導他們加入「瞎掰舊貨宗」，並教導他們編撰故事來度化眾生。

他也曾考慮在自家的清泉寺陳列舊貨，但仔細想想，願意上山的人畢竟屬於少數，不如到臺中市找一間香火鼎盛的廟宇，在前面擺攤。思來想去，最後他選擇了媽祖廟。

光藏正在服用治療肺癌的標靶藥物，晒太陽會降低藥效，因此擺攤只能在日落後。他開著寺裡的車子到大甲去，在廟門外找好地點、擺好東西，便走進廟裡向媽祖頂禮，表明救度眾生的大願，期盼媽祖相助，指引有緣人來接班。

一個老和尚在媽祖廟的廟埕上擺舊貨攤，這倒是新鮮事。

媽祖廟的服務人員跑來關懷，附近的攤販也來找他聊天，有人以為他在化緣，主動布施錢財，他連忙退還，搖手婉拒。同樣的事接連發生後，他索性立個牌子，寫上：「非化緣，請買貨。」這樣一來，吸引了更多好奇的目光。

等到第二夜，左鄰右舍不再來走動後，總算有香客走近攤子，認真的欣賞起這些舊貨。

一個年輕男子拜完媽祖，到金爐前燒完紙錢後，向舊貨攤走來。他左右看了一會兒，便在一個紅龜粿的木模子前蹲下，拿起模具仔細欣賞。

「好大、好重啊！」他讚嘆的說。

「確實很重，它是烏心石木刻的，非常堅硬，體積和重量是一般紅龜粿模子的兩倍。」光藏靠過去對他說。

「這龜的造型好特別，是有腰身的，怎麼會這樣？」男子好奇的問。

「這叫做雙連龜，看起來是一隻龜，有一顆頭、一條尾巴、四條腿，但其實身體像個大葫蘆，暗示著是兩隻龜連體而成，所以印出來的紅龜粿，體積是一般的兩倍大。」光藏詳細的說明，「葫蘆跟『福祿』諧音，龜本身象徵『長壽』，因此雙連龜就象徵了『福祿壽』三喜祝福。這種雙連龜的紅龜粿，主要用來給神明祝壽，或給嬰兒滿周歲時慶生用的。」

「唉！福祿壽三喜，老天不用給我那麼多喜。」男子低頭嘆氣，面露憂鬱的說：「我不貪心，我只要『祿』就好了。」

「喔？你怎麼了嗎？我剛才看你垂頭喪氣的在拜拜，是不是遇到什麼不如意的事情？」

「唉！我今天被公司裁員。」男子搖頭嘆氣，繼續說：「接下來要勒緊褲帶過日子了，這些舊貨只能看一看，沒錢可買。」

「你做的是什麼工作？」光藏關懷的問。

「美術設計，每天幫公司設計圖稿，雖然薪水不高，但一直做得好好的。誰知去年初時人工智慧的繪圖生成系統興起，老闆讓我的主管學習操作方法，光一天就能用電腦生成幾百張美麗的圖稿，澈澈底底把我取代了。」男子眼眶泛淚，沉痛的說，「唉！看來，我只能去送外賣了，人工智慧總沒辦法騎摩托車吧！」

「原來你是學美術設計的。」光藏腦中一轉，故意驚呼：「那麼你知道銅雕大師祖鳴嗎？」

「不知道。」男子皺著眉頭，抬頭望光藏。

「他已經過世很久了，他的作品『心的翅膀銅雕系列』享譽全球。這個木模子，就是他年輕時所雕的最後一個。」

「什麼？」男子驚訝得站了起來。「銅雕大師怎麼會雕木模子呢？」

「這件事知道的人很少，就讓我慢慢的說給你聽。」

「好。」男子的眼神中充滿了疑惑。

朱明泰出生在嘉義鄉下，排行老么。父母年輕時不懂節育，生下十個孩子，食指浩繁，因而家庭經濟貧困。他們往往只能吃番薯裹腹，小孩一天不超過一條，而父親是勞動賺錢的主力，得吃兩條番薯才有力氣，母親操勞家務還幫人洗衣服賺零用，卻常常挨餓。

身為老么的朱明泰，從小就喜歡畫畫，還曾代表學校去參加寫生比賽，得過佳作。他聽說當畫家沒辦法賺大錢，便立志習得一技之長來養活自己和家人。朱明泰有位遠房的表哥在木刻店當學徒，知道這孩子有美術天分，就想在朱明泰國小畢業時，介紹他去當小學徒。

「木刻！」朱明泰雙眼圓睜，十分興奮。「廟裡面那些神佛好莊嚴，還有三義的木雕：達摩祖師、笑彌勒、老鷹、水牛……我如果能雕出這些美麗的東西，那就太棒了！」

當他來到木刻店，才知道和他想的不一樣。原來那是專門刻糕餅粿木模子的工坊。年紀小小的他，看著架子上的那些模子成品，想像它們印出來的美食點心：有烏龜殼紋路和壽字的紅龜粿、仙桃配嫩葉的紅桃粿、一串銅錢相連的牽仔粿、龍鳳呈祥的喜餅、玉兔搗藥的月餅、狀元騎馬的狀元糕……他忍不住猛嚥口水。

「想不想學？」師父停下手上的敲打功夫，走過來問他。

「想！很想！」他天真的以為待在這裡工作，就會有那些點心可吃，因此狂點頭，很怕人家不收他。

「那好，就從掃地和洗衣服開始學。」師父吩咐他的表哥教他。那表哥喜開懷，有了這個小跟班，可以大大減輕自己的工作負擔。

很快的朱明泰就知道三餐中並沒有那些美味的糕點，不過有糙米飯和豆腐可以吃，他已經覺得宛如天堂。

那時臺灣剛從農業時代過渡到工商社會，人們仍遵行敬天祭神的傳統習俗，又逢經濟起飛，對於婚喪喜慶的糕餅粿點心需求與日俱增，因此這一類專門的模子木刻店越來越多。由於師父和糕餅店的人都熟，年節慶典去買糕點時，對方都會多送一些。師父大方的分給大家，朱明泰終於夢想成真，吃著糕餅裡頭甜滋滋的紅豆餡、花生餡、綠豆餡，心中非常滿足。

朱明泰看師父和師兄們「叩、叩」的在刻木頭，心中躍躍欲試，想早點拿刻刀開始學。但他是最小的學徒，得包辦大部分的雜工，直到辛辛苦苦打雜了兩年後，師父才開始讓師兄教他拿刻刀。

「就這樣，往木頭裡面又鑿又刻的，挖出一個像杯子的東西，裡面是空的，讓人把糕餅在裡面壓出形體。左邊的要刻成右邊，凸起來的要刻成凹的……」師兄說出雕鑿的原則。

他聽起來覺得頗為簡單，從此埋進了「叩叩叩」的敲擊聲和香香的木屑堆中。

歷經三年四個月後，他出師了，被師父留下來僱用，開始領師父級的薪水。這期間，媒婆給他介紹了女孩，兩人情投意合，認真交往並開始存錢。當完兵後，他自立門戶，到隔壁村租房子，開了一間小小的木刻店，不久便跟女友結婚。妻子擔任家庭主婦，讓他沒有後顧之憂的為客人製作木模，漸漸的生意做出了口碑。

然而他心裡似乎有個空洞需要填補，那就是他好想雕刻出凹凸有致的立體木雕，神像也好，最好是三義出產的那種藝術品。但是那需要重新拜師學藝才行，為了賺錢生活，他只得隱忍壓抑那份苦悶。

直到幾年後，一件事改變了一切。

那天他接到一家糕餅店委託的「雙連龜木模」訂單。這種模子不常見，他從來沒有做過，於是提著水果，回去請教師父。師父給他看店裡的成品，還給他描花樣帶回去。做起來其實不難，他選用不錯的木材，憑印象刻出一隻比一般的紅龜大兩倍的大龜模子，很快就交貨了。

誰知一星期後，糕餅店老闆臭臉來退貨，發牢騷說：「媽祖聖誕千秋，廟公來訂了六百個雙連龜，我用你的模子做出來交貨，卻被廟公嫌棄，說你這隻雙連龜腰身不夠細，不是葫蘆龜。他說我如果不換個好的模子，下次就不給我做了。唉！」

「為什麼要像葫蘆？」朱明泰睜大眼睛，一臉困惑。

「啊？你不知道嗎？葫蘆代表福祿，加上中間你刻的這個壽字，剛剛好就是福祿壽。」糕餅店老闆不可置信的問：「你是做木模的，怎麼可以不知道這些？你雕木頭都沒在用腦筋的嗎？」

「真是對不起，我重新做一個給你，不收錢。」朱明泰慚愧的說。

為了能更精準的符合廟公的要求，他讓糕餅店老闆帶他去媽祖廟拜訪廟公。廟公把他領到偏殿，只見四個大方桌上鋪滿了紅通通的雙連龜，都跟他刻的模具一個樣，完美複製。

「中間的腰身只要這麼寬。」廟公不高興的伸出食指和大拇指，比出十公分左右的指幅。「這樣才會像葫蘆。」廟公還拉他去到三川殿下方，指著正殿的屋頂西施脊的中央說：「看到沒有，福祿壽三星的交趾燒，雙連龜就是代表這樣的福祿壽三喜。」

他趕緊賠不是，當場在紙上畫下樣本給廟公審查。

「對對對，上下寬，中間窄，就是這樣才像葫蘆。」廟公總算點頭舒氣，卻壓低嗓音，回頭對糕餅店老闆說：「下次如果再送來不合格的雙連龜，我是不收的。」

糕餅店老闆唯唯諾諾的稱是，接著把深具壓力的眼神投射到朱明泰身上。朱明泰戒慎的吞下一口唾沫。

他回去後趕緊挑選最好的烏心石木材，準備重新鑿模子。然而，當他整理好模子的外型，開始在上面描繪新圖樣時，心中冒出一句話：「依樣畫葫蘆，依樣畫葫蘆……哈！朱明泰，你這輩子就只會這點本事嗎？」

他停下來，拿起身旁那把不合格的木模子端詳。忽然，滿桌紅通通的雙連龜畫面在腦門亮起，像警示燈一樣不停閃爍。一股自怨自艾的情緒，從他胸口油然而生：「沿襲師父的舊圖樣做出模子，印出千千萬萬個一模一樣的龜粿；而師父的舊圖樣也是來自他的師父，就這樣一代傳一代，不停的複製下去……這不就像工廠裡的生產線嗎？我只是其中的一部機器。」

他憤而點燃一把火，把那不合格的木模子燒成灰燼。妻子看了先是困惑，但是細問原因之後，便對丈夫表示敬意。

不到兩天他就刻好了新模子。交貨之後，他擬定新計畫，並且跟妻子說：「我已經下定決心，要去三義學木雕。」

「我跟你一起去，照顧你的生活。」

「不，學習新的技藝必須非常專心，你待在這裡等我回來。」朱明泰帶著歉意的說。

「好，我可以去工廠上班，不去吵你。」沒想到妻子非但支持他的理想，還積極配合，又說：「當初我願意嫁給你，因為我看出你跟別人不一樣，你是人才。」

於是他毅然決然收了店，拜在木雕大師鄧達的門下，展開全新的學藝之旅。

鄧達師父問清朱明泰的經歷，笑著說：「那些木模上的圖樣，都是迎合人心對幸福的追求，不外財、子、壽、功名，但是那些對創作者來說在都是限制，都是束縛——限制了想像的活潑奔放，束縛了無限激盪的擴展，阻斷了一切創新的可能。」

這番話有如當頭棒喝，朱明泰對鄧達師父生起敬仰。

「不過，為了讓徒弟們可以賺錢生活，我都會先教生意活——也就是通俗好賣的商品，像是招財進寶的財神爺、笑彌勒和神豬。」鄧達師父語重心長的又說，「說實在的，這跟你以前刻木模沒有兩樣，所以你要記得，等你學會了，又不缺錢時，就別再雕這些了。」

「好。」他似懂非懂的回應著。

由於有刻木模的基礎，很快的，他熟練了那些生意活，開始廢寢忘食的模仿大師們的老鷹、奔馬、猛虎等動物雕品，刻得有模有樣。鄧達師父很是讚許，卻又提點他：「刻刀是心神的藤蔓，蔓延出雕刻師的勢力範圍，但我到現在都沒看到你的勢力範圍。」

「什麼意思？」朱明泰提問，卻沒有得到回答。他想了一會兒，又問：「是不是要我找出新的題材，創造專屬於我的代表作？」

「每個人都是獨一無二的，奈何做出一樣的東西。唉！」鄧達師父只是感嘆。朱明泰似乎挨了一記悶棍，煩惱的說：「我是獨一無二的嗎？我的獨特又在哪裡？」

「想發掘新目標，先回頭細探來時路。」鄧達師父說，「那些木模子不都像杯子嗎？我就說到這裡了。」

杯子？是嗎？他開始思索那些吉祥圖案，烏龜象徵長壽，葫蘆代表福祿，龍鳳暗指新郎新娘，狀元是功名的想望，一串銅錢無疑是財富，壽桃也是長壽的意涵……啊！原來挖空的木模子，宛如虛空的杯子，等待糕餅粿填充進來，將人們美好的願望塑出造型。師父的意思，是要我別忘了我的根基嗎？但是，我總不能在老鷹身上刻烏龜吧？

想到這兒，自己都笑了。

這天中午，他收到妻子的來信，信中除了報平安就是叮嚀三餐吃飽、天冷加衣，簡單的日常問候，隱含無盡的思念。唉！他何嘗不想念妻子呢？

忽然間，他靈光一閃，找到了目標。

他回到租屋處，買了一塊好材料，利用空檔時間，以妻子的外型為範本，刻出一位長髮飄逸、長裙翩翩的少女。他讓少女面部平整，沒有五官，但她雙掌交疊，微微低頭，陷入沉思。接著，他改用木模的原理，把自己的臉像，細細的挖刻進少女的左胸口。他把完成的作品取名為「相印」，拿去給鄧達師父看。

「這就對了，這就對了，」鄧達師父一瞧，忙捧過去仔細欣賞，並連連點頭，愛不釋手的說：「我幫你送去比賽。」

就這樣，朱明泰獲得那一年全國木雕競賽的金牌獎。評審團的評語讓他驚喜不已：

「這位少女雖沒有容貌，但是愛的容貌卻完全展現在她的心上！」

「是啊！深愛一個人的時候，滿心都是對方，忘了自己呀！」

「心，是期待甘泉注入的空碗，思念成就了它盛滿而溢的使命。」

「用正面想反面，轉為用反面想正面，出身木模師父的得獎者，開創了『讓負面轉正面之人生風景』的獨特風格。」

朱明泰一夕成名，收藏者蜂擁而至，想求購他的作品。他因此向鄧達師父告假，開發出「相印系列」作品十二件，短短三個月內就名利雙收。

然後呢？朱明泰心想，如果繼續再刻這樣的木雕，那不就跟貨架上的笑彌勒、財神爺、神豬一樣，成了生意活？鄧達師父說過：「想發掘新目標，先回頭細探來時路。」可是我的過去已經走過一遍了，還有什麼可以幫助我突破嗎？

他又去找鄧達師父，訴說苦惱。

「哈哈哈！你別來找我了，我已經沒有什麼可以教你了。」鄧達師父笑著說，「只有一句話送你。」

「什麼話？」

「丟掉你的獎牌。」

「丟掉金牌獎？」

「丟掉也好，砸爛也行，回收也可以。然後，別來找我了。」

最後一句說得決絕，聽得朱明泰好傷心，難道他功成名就了，師父就厭棄他了嗎？這是什麼道理？他實在想不懂，只覺得難過又生氣。

他賭氣回嘉義跟老婆相聚，並主動切斷跟三義那邊的聯繫。

幾天之後，他在電視上看到一則新聞，嚇出一身冷汗。「木雕大師鄧達的庫房遭祝融吞噬，總計燒毀名作五十多件，珍貴木料不計其數，財物損失難以估計。」

他急忙跑去師父家探望，所幸大火只燒了庫房，沒有蔓延到前面的住居，鄧達師父平安無恙。

一見到朱明泰，鄧達師父先是嘆口氣，然後似乎意有所指的發起牢騷：「哎呀！木雕就是不耐火呀！如果這些作品不是木雕就好了。你看那些煮飯菜的鍋子，在火上燒了一輩子，還是鍋子呀！」

「鍋子？」師父又說莫名其妙的話了，但朱明泰知道，這種話總是另有玄機。他失魂落魄的回到租屋處，思考著鍋子的問題。

鍋子，閩南語是「鼎」。朱明泰到圖書館查找資料，發現鼎是最古老的鍋具，後來成了禮器，例如故宮國寶毛公鼎，流傳至今已兩千多年。他不禁讚嘆：「真是不死之身啊！這種銅錫合金的器皿，歷經歲月會在表面生出青色的銅鏽，但不會毀壞。我的木雕不知能撐多久？別說兩千年，恐怕兩百年後就腐朽了吧！鼎是銅鑄成的，用銅能做出這麼美的工藝品，古人真是厲害。」

他走到美術專區，想找有關銅鼎的書來看看，卻意外發現了好幾本「銅雕」的作品集。打開一看，驚為天人，那些照片裡面的作品都是幾何立體造型，不只量體龐大如樓房，而且展延出許多曲面，向天空征服出無限的勢力範圍。有些作品隨著不同角度的拍攝，表面呈現流動的光澤，宛如巨人拿筆在空中揮灑，簡單幾下就讓人嘆為觀止。別說銅鼎了，就是最偉大的藝術木雕，都達不到這樣的境界。

朱明泰愣住了，等他回神時，發現雙手還在顫抖。

他多方打聽到作品集中那位銅雕大師鍾玄的住處，帶著自己的得獎作品前往拜訪，希望大師收他為徒。

鍾玄告訴他：「銅雕跟木雕是完全不同的技法，想學可以，但是不能回頭探看來時路，必須拋棄一切所學，廢除一生累積的技藝。你願意嗎？」

「我願意。」他誠懇的下跪。

「你願意，我卻不一定願意。」鍾玄笑著扶他起來，又說：「看你的作品，我猜你是師承鄧達吧？」

「啊！這也能看出來？」朱明泰驚呼，「我的木雕師父正是他。」

鍾玄嘴角微笑，瞇瞇雙眼也在微笑。「十年前，他也來找過我，可惜他丟不掉。」

「啊！原來有這麼一段……」

「還有不能學我。學我，你就注定失敗。」

「我想……我懂。」

朱明泰引以為鑑，從此丟掉一切舊法，戮力投入學習銅雕的鑄造技術。龐大卻輕量的內胎、新科技的翻模技術、動用大型起重機、鎔鑄工廠內高溫作業，那果然是全新的世界……「不！是宇宙。」他在學習過程中，總忍不住由衷讚嘆。

有一天，鍾玄喚他過去，衷心的對他說：「我看你全心的投入，練習的作品裡面已經嗅不到木雕的氣味了，並且創造出自己的思考邏輯。我很高興，因此幫你取了一個藝名。從今天開始，你就叫做『祖鳴』吧！這兩個字和你的本名音近，我期許你青出於藍，創立基業，一鳴驚人。」

朱明泰非常感動，流著淚收下這個新名字、新身分，從此更加用心嘗試創新。

他反省以前雕木頭時，總先設定目標才去創作，那樣仍是自我設限的。該如何突破這些，投奔自由呢？他潛心思考，進而捨棄具象的人臉與姿態，改以銅體的扭曲來表達情緒。朱明泰決定讓銅翻飛，他打造銅的翅膀，模仿飛鳥的翔、撲、止、暫、轉、頓、衝、尋、痴，讓觀賞者乘著想像的翅膀，去仰望、俯視、奔馳、懊悔、沉思，進而從心所欲。

他為這系列命名為「心的翅膀」，展出之後，果然一鳴驚人，還紅到歐美日本，成了國際銅雕大師。

◇ ◇ ◇

「我想告訴你，每個人的背上都有一雙翅膀，我不僅怕你不知道，更怕你知道了，卻不敢展開它們。」光藏慈祥的望著男子，微笑說：「人工智慧的繪圖生成系統，可沒有翅膀。」

「喔！」男子若有所思。「我懂你的意思。」

光藏指著那個雙連龜木模子說：「送給你，相信它的故事對你會有幫助。」

「不！這太貴重了，我不能白拿你的東西。」男子婉拒，卻又難過的說：「不過我也沒錢可以買。」

「別介意，如果你喜歡，可以免費拿走。」光藏微笑點頭，然後轉個話題問：「我想請問你，願不願意加入『瞎掰舊貨宗』？這是一個為舊貨編撰故事來度化眾生的門派，我是這個門派的創辦人。」

「編撰故事？這不是我的專長，而且我對說故事也沒興趣。」男子恍然大悟。「啊！難道你剛才說的故事是瞎掰的？」

「對，是我編撰出來的。」

「雖然那個故事不是真的，但是很好聽，感動了我。」

光藏感到欣慰，不過他也發覺不對。為客人打造感動他的故事，固然沒錯，但對於招收門人卻不是最好的方法。他有所領悟，想到新辦法。

男子笑笑，舉高木模子問：「真的不用錢？」

「免費送你。」光藏張開雙臂。

「那我拿走了，謝謝你。」

「等一下，先讓我給它拍張照片。」

光藏用手機幫木模子照完相，男子就帶著它離開了。

光藏又拿起手機，開始進行一番操作……他相信這樣比較能精確的找到有緣人。

第二話 春花珠翠荷包

光藏在社群軟體上申請一個粉絲專頁，名為「瞎掰舊貨攤」，接著把「福祿壽雙連龜木模」的故事，用語音輸入轉成文字上傳，並附加照片。

接下來，他為每件舊貨一一拍照上傳，並且在簡介欄位撰寫一則特別的規定：「送送送，大放送！舊貨只送不賣，只要來到攤前，為你喜歡的舊貨說個動人的故事，就可以免費獲得那樣舊貨。」

他把社群連結傳給熟識的朋友幫忙轉傳，馬上獲得許多支持。

「叮咚！」翁探長還捎來訊息，「恭喜法師開張大吉，這木模子的故事講得真好，如果能多示範幾個故事，相信很快就能獲得大家的回應。」

「謝謝探長，您的建議太棒了！」光藏覺得很有道理，想起了那本名為《瞎掰舊貨攤》的精裝筆記本，裡面有著十八樣舊貨的故事，而那些舊貨都還在清泉寺廂房的大木箱中。他振奮的說：「太好了！」

第二天早晨，光藏喚來徒弟常喜和常樂，取出大木箱中所有的舊貨，一一拍照，並且讓他倆分工，把那十八個故事用電腦打成文字，連同照片上傳到「瞎掰舊貨攤」的粉絲專頁上。而美華擔任光藏代言人的那段時間，那九樣舊貨的故事，他也都還記得清清楚楚。光藏口述錄成音檔，讓徒弟們如法炮製，可惜當時都沒替舊貨拍照，只得另想辦法了。還好慧紋花鳥大布巾在網站上，有公開授權的圖檔可用；半半老甕在認識的鍾老闆那裡已成「鎮攤之寶」，照片不難拿到；其他的，只好麻煩盧彥勛盡量協助找尋同款的舊貨，再拍照寄檔案給他。

他也拿掉攤子上「非化緣，請買貨」的牌子，改成「說故事，換舊貨」的牌子。

沒兩天功夫，「瞎掰舊貨攤」湧入百人追蹤。有人問起攤子在哪裡，光藏連忙將地理位置標示上去，當天晚上就有許多人到攤子前來逛逛。

其中一個女客人拿著手機走過來，眼睛往攤子上一掃，毫不猶豫的拿起一個布荷包，跟手機上的照片比對一番，一邊自言自語：「就是這個春花珠翠荷包，很適合搭配我那件水藍色旗袍。」

那是一個巴掌大小的荷包，鵝黃的布面上繡著一朵大紅朱槿，和三片翠綠的葉子，花心中吐出鮮黃的花蕊，蕊心鑲著一顆小珍珠作為露珠，看起來精巧又典雅。

她抬起頭，有些不確定的問光藏：「老闆，真的不用錢嗎？只要為它說個故事就能得到它嗎？」

「是真的，不過我不是做生意的老闆，我是和尚。」光藏笑著說。

「和尚送人舊貨，還真有趣。」女客人驚喜的點頭，又說：「我有一個故事，但不知道好不好聽？」

「這位施主，您的品味很好，故事一定好聽。」光藏用興奮的表情鼓勵她。「我迫不及待了。」

「那麼我就開始說嘍！」女客人把荷包揣在胸前，眼珠輕輕往上轉，神色專注的進入故事的世界。「從前，從前，在古老的小鎮上，有一個小丫鬟名叫春珠……」

✧ ✧ ✧

春珠啊！她有雙圓圓亮亮的大眼睛，鑲在她那圓滾滾、白白嫩嫩的臉蛋上。她身材微胖，屬於珠圓玉潤那型，很配她名字裡的「珠」字。

她出生在窮困的佃農家庭，是家裡第十三個小孩，模樣可愛嘴巴又甜，惹得爹娘兄姊都好疼愛她。她娘曾經望著她，感嘆的說：「你這俏模樣，可惜生在我們窮人家，要是生在好人家，長大了許配給富家公子當大老婆，也不過分啊。」大家聽了都當成笑話笑一笑，只有老祖母當一回事，時不時煞有其事的說：「我們春珠，就該嫁給公子當大老婆。」

就這麼聽著聽著，春珠信以為真，從小心性高，志向遠，對那些販夫走卒，什麼農戶、藝匠、童僕啊，全都不放在眼裡。

他們家真的沒什麼錢，即使是風調雨順的年頭，也只能勉強上繳足額的穀糧給地主，因此春珠十二歲時，就經由親友介紹，到縣太爺李府去幫傭。這樣一來家裡少一張吃飯的嘴，一年還能拿個幾十文錢回來貼補家用呢！

一開始她被分派去洗衣服，跟著幾個老媽子和丫鬟，圍在水井邊擣衣漿洗。整日把手泡在水裡，不久十根指頭都脫皮出血了，夜裡總疼得不停啜泣，鬧得同房的丫鬟們都睡不著，對她冷言冷語，還告到管家那裡去。

管家看著不是辦法，把她轉到灶房去升火添柴，並要她等菜餚煮好後，幫著端菜去花廳，這才漸漸讓她的雙手恢復。古時候的灶火煙很大，燻得她整天黑著臉，全身炭臭味，雖然她天天在灶房和花廳來回走動，卻從沒被人正眼瞧過。

李老爺有個獨生子，名叫李英銘。老媽子們聊天時常常聊到公子，說公子很會讀書，私塾老師很是稱讚，將來定能考取功名，像老爺一樣當官。春珠聽著聽著，不知不覺常常偷偷瞄公子，看著他英氣勃發的模樣，忍不住心生愛慕。

不久，公子長到了十八歲，平日在他屋裡伺候的丫鬟病死了，需要補上一位體面的女孩兒。夫人留心家裡的女傭，這才發現春珠體態不錯，做事勤快又懂事，當下便叫她去把臉洗乾淨。一看到她的真面目，夫人轉頭數落管家，怎麼把一個美人胚子埋沒在灶灰裡頭？立刻讓她沐浴，換上乾淨漂亮的衣服，待在公子身旁。白天煮茶、磨墨、搧風、點香、整理房間；夜裡進內屋兩次，幫公子蓋被子，巡視蚊帳，驅趕蚊蟲。

春珠不敢相信自己可以這麼接近公子，這簡直是天上掉下來的禮物，她心想，萬一能得到公子寵愛，也許真有機會嫁入官府，麻雀變鳳凰，那該有多好。不過按照當時的社會制度，丫鬟即使被公子看上，頂多也只能當個小妾，算是麻雀變成「雞」而已，但那樣也是求之不得了。

這非分之想只能偷偷放心裡，不能透露半點風聲，要是讓任何人知道，她一定會被攆出去。那可就完蛋了，名聲掃地的丫鬟不但沒人敢娶，也不會有人僱用，等於被宣判死刑。所以她看著俊俏又有才華的公子，只敢暗戀不敢亂來，就這麼安安分分的過了兩年。

這一年的元宵夜，公子照例帶著童僕出門賞燈，深夜回來時，送給春珠一個荷包。他笑著說：「今天賞燈逛市集，街上紅男綠女摩肩接踵，攤子上各式貨品看得我心情大好，就買了些玩具和荷包來送給大家。你看，這個荷包上繡著大紅朱槿配綠葉，花蕊上還縫上小珍珠當作露珠，春花配露珠，很符合你『春珠』的名字，所以這個送給你。」

「啊……」春珠捧著荷包，非常驚喜和感動，完全說不出話來。

那一朵紅豔豔的的花兒雖然是絲線繡出來的，在她看來卻比大畫家用硃砂描繪的畫還要美麗，比用瑪瑙雕刻的杯子還要珍貴。那一朵如烈火燃燒的大紅花，好似塗滿胭脂的唇印，深深印上她的心。她幻想著，公子對她是有愛意的，一定是感念她平日無微不至的照顧，看上她可愛乖巧，所以這麼用心的為她挑選禮物。

那一夜，她暗自陶醉，腦袋裡有無數的浪漫幻想在舞動，也許……也許有一天，公子會對她說：「春珠，跟我一同白頭偕老吧。」說不定真有那麼一天，她只要抱著希望，好好的等下去……哇！她興奮極了，拿了荷包看了又看，躺在床上翻來翻去，完全無法閉上眼睛睡覺。

沒想到幾天後，當她在書房裡伺候公子寫字時，童僕匆匆跑進來，喜孜孜的說：「公子，快點到大廳，老爺和夫人找你。」

「什麼事嗎？看你高興的樣子。」公子好奇的問。

「是王媒婆來了，說是已經幫公子說定了韓家的親事。」童僕說。

「哈！真的嗎？」只見公子兩眼發光，一躍而起。「這個王媒婆果然名不虛傳，太棒了！」說完就衝出書房。

春珠好震驚，馬上放下手上的工作尾隨過去，躲在大廳的內門後面偷偷關心。

原來是元宵夜裡，公子上街去玩時，看上了一位美麗的富家千金，隔天就讓夫人找媒婆去探聽，五日內就跟那韓家說好了親事。她這才明白，公子送她的荷包，只是見到愛慕的小姐後心情大好，大方買下的玩意兒。送給她的時候，很可能心裡想著的是那一位韓小姐，而不是她春珠。

媒婆驕傲的向老爺夫人報告，哪一天是黃道吉日可以送聘禮，當天能作小定，大定又是哪天，聘金該準備多少……春珠越看越難過，越聽越傷心，感覺自己被公子遺棄，一步一步成為孤獨與絕望的喪家之犬。那一夜她怨嘆自己出身低、命運薄，自卑自憐，因而又整夜失眠。

兩天後，公子讓她把幾本書拿去老爺的書房裡歸還，還指明書架上的位置。她拿著書，失魂落魄的踱步到老爺的書房，正巧聽見老爺和師爺在輕聲談話。

「啟稟老爺，小的得到消息，皇上派出的欽差廉訪大臣，下個月就要到我們縣裡暗中巡察。聽說他查辦貪官汙吏非常嚴厲，公正無私，老爺得提防著點。」

「喔！這可怎麼辦？這幾年積累下來，已經虧空公款兩萬兩白銀，可不能被查到啊！」

「老爺千萬要小心應付。」

兩人見她進來，一時沉默，春珠心想事有蹊蹺，還了書之後一出房門，就躲到窗外花臺下偷聽。

「老爺，不如先向富商施金山借錢，把公庫填滿，搪塞過去。」

「你以為施金山那麼好說話嗎？何況那麼多錢，兩萬兩白銀哪！」

「算他利息，鋒頭過後再還他本金。他有錢可賺，應該會答應。」

「我哪來利息錢可以給他？」

「既然這樣，那就假意承諾給他利息，到時一不做二不休，找個名目坑他入罪，同時把那兩萬兩白銀充公，豈不兩全其美。」

「這，你太邪惡了你，但……不失為一個好方法。最近公事忙，過幾天我再找施金山來。」

春珠聽到這兒，腦袋「轟」的一聲像遭雷擊，嚇得她趕緊溜回公子的屋裡。沒想到平日標榜公正廉明的老爺，私底下竟然是狼心狗肺的黑官，不但私吞公款，還要害人入罪，騙取錢財，更可惡的是恩將仇報，這官場實在是太可怕了。

春珠知道那個施金山，他是鎮上最大的屠戶頭子，養了百來位屠夫，每日供應附近大城上百頭豬肉，他家財萬貫，妻妾成群，還是春珠老家鄰居的親戚。她能袖手旁觀，眼睜睜看著無辜的人被陷害？有錢人有罪嗎？活該讓做官的予取予求嗎？她覺得她應該做點什麼，但回頭想想，她哪管得了這些？不過，至少應該通報給施金山，讓他早點防範……

就在猶豫時，春珠低頭發現，自己不知不覺把那個荷包揣上了心窩，她心想既然自己的身分沒辦法跟公子婚配，與其眼睜睜的看著公子娶韓小姐進門，不如……

反覆思考之後，她謊稱老家託人來傳話，說是母親生病要她回家探親，她得了允許便跑去找鄰居，帶她去見施金山。

到了施金山那裡，春珠不但一五一十的告訴他詳情，還提出對付的辦法，那就是先下手為強，叫施金山去向欽差大臣舉發老爺的罪行。

「你為什麼要幫我？」施金山狐疑的問，「你這不是賣主求榮嗎？」

「不，我只是看不過去，但求你不要洩漏是我通風報信。」春珠懇求。

「當然不會，我謝你都來不及了，又怎會害你呢？」

這施金山不是省油的燈，即刻派出底下人送錢去給丐幫的頭子，讓全縣城幾百個乞丐進行地毯式的搜尋，到處打探消息，沒兩天就得到欽差大臣的祕密行蹤。施金山專程前往拜訪，舉發了縣太爺虧空公款的事實，很快的，縣太爺被撤職查辦，連同師爺都被押入大牢。

消息一出，韓家急忙來退婚。不久欽差大臣查辦完畢，縣太爺虧空公款的罪名成立，刑部判師爺死罪，判縣太爺流放邊疆，並且抄家，將屋舍與財產全數充公，奴僕不論男女老少一律變賣。夫人驚嚇過度一命嗚呼，而公子因年少不知情，無罪開釋，但遭到掃地出門，無家可歸。

幸好她春珠只是外聘的幫傭，不算李家的奴僕，只是被趕回自己家中。

眼看著公子將要淪為乞丐，春珠急忙去向施金山討人情，向他要到了一間小店可以做點肉販生意，便收留公子一起生活。從此以後春珠賣起豬肉，公子依賴她為生，他偶爾幫人代筆、寫信賺點零用，兩人相伴相敬，形同夫妻。

春珠沉浸在愛的喜悅和滿足中，然而公子恰恰相反。

「可惡！聽說有人去告密，害我家破人亡，骨肉分離。」公子活在極度的憂鬱低潮中，天天憤恨的罵著：「這個害人精，要是讓我找出來，絕對將他千刀萬剮，不輕易放過他！」

春珠聽在耳裡，揪在心裡，內心充滿了愧疚和不捨。她只能努力賺錢，供給美食華服給公子，天天對他噓寒問暖、百般呵護來彌補他。同時她的內心有個巨大的恐懼，她非常擔心，萬一公子知道她是造成這一切不幸的人，一定會厭棄她，怨恨她終生，而她將為此痛苦不已。

為了防止這件事發生，她小心翼翼的伺候著心上人，因而分分秒秒都患得患失，活在幸福與驚懼交織的、無盡的白天和黑夜……

◇ ◇ ◇

「我講完了。」女客人吐口氣，微微一笑，然後帶著探詢的眼神問：「好聽嗎？」

「好聽，非常好聽，想不到是這樣特別又深刻的故事。」光藏連忙回答，又說：「這個春花珠翠荷包是你的了。」

「哇！太棒了，謝謝你。」女客人笑著把荷包揣進胸懷，開心極了。

「只不過我很好奇，你怎麼會編出這樣的故事呢？是看過哪一齣電影、電視劇？還是舞臺戲？」

「沒有。唉，老實告訴你，這個故事的靈感來自我的親身經歷。我是做美髮的，年輕時愛上了一個豪門企業的富二代，但是門不當戶不對，彼此雖然有愛意卻無法在一起。後來我心一狠，暗中去檢舉他家族的金融違法事件。他父親被判刑入獄，罰光家產，他也因家道中落，到處打零工賺錢，終於跟我結了婚。」

「竟然是這樣！」光藏感到不可思議。「難道他都沒有發現嗎？」

「有。」女客人苦笑，眼中泛淚。「我前夫後來發現了，非常非常生氣，他指著我咆哮辱罵，還說今生今世會用他全部的時間和精神來恨我，來報復我，然後跟我離了婚。」

「你那時有什麼感覺？」光藏關心的問。

「就是哭啊！一開始非常難過痛苦，簡直生不如死，每天自責傷心。嗚……」女客人低下頭，流下兩道眼淚，緩緩的說：「但我沒有向他道歉，我認為自己那樣做是有逼不得已的苦衷，而他家也是罪有應得，我只是替天行道，我沒有錯；可是我傷他那麼深，又很懊悔，每天都想著他，夜裡流淚到天亮。後來他在社群軟體上攻擊我，謾罵我，朋友轉傳給我看，我竟然感到安慰，因為那些難過和自責減輕了一些。我以為自己沒事了，然而時間一久這些攻擊影響了親友對我的觀感，我開始生氣，忍不住罵了回去，再度感到十分痛苦。嗚……」

光藏專注的聆聽著，陷入沉思，不久他開口說：「你還記得當初你們結婚的時候，親友對你們說的最多的話，是什麼嗎？」

她想了一下，然後擦去淚水抬起頭，苦笑說：「就是恭喜和祝福。」

「恭喜什麼？」光藏引導著問。

「恭喜我找到如意郎君，恭喜他得到美嬌娘，哈！」她自嘲的一笑。

「那又祝福你們什麼呢？」

「就是白頭偕老、永浴愛河、早生貴子什麼的。」她說著，忽然大笑一聲。「哈！哪有？統統都沒有實現，現在想起來，這些恭喜和祝福好像都是諷刺。」

「不不不，這些不是諷刺，只不過這些恭喜和祝福的內容不對罷了。」

光藏搖搖手。

女客人好奇的問：「喔！應該是什麼內容才對？」

「正確的內容應該是：恭喜你們在人生道路上找到了一同學習的伴侶，祝福你們在共同的課題上成功學習。」

「我不懂。」女客人搖頭，疑惑的眼神中透露出對答案的渴求。

「煩惱即菩提，一個人感受最深的痛苦，就是他在來人世前，為自己設定的學習課題。我們到這人間學習這設定好的課題，有的課題能靠一個人獨立學習，有的是靠跟別人建立關係來學習，夫妻便是最好的例子。有些夫妻是一同合作學習外在的難題，有些則是從彼此的相處中來學習。說穿了，你和你前夫便是在來人世前，約定好共同學習的伴侶。」

「哦？我聽得有點懂，又不是很懂。」她摸了摸臉頰。

「你可聽過一首流行歌曲《愛你一萬年》？」光藏笑著。

「我知道啊！我會唱，尤其副歌唱起來很激動。」女客人引吭高歌：

「我愛你，對你付出真意，今生今世不渝，你要為我再想一想，我決定愛你一萬年……對吧？」

「沒錯！來，你且想一想，為什麼會愛一個人一萬年？」

「呀！這可問倒我了，我想想……」女客人歪頭想了一會兒。「因為對方太吸引人了？」

光藏擺手搖頭。

「因為欠對方太多了，一萬年才還得完？」女客人又猜。

光藏皺眉搖頭，然後輕輕的提點說：「依我看，你和你前夫恐怕就會愛上一萬年。」

「不要！」女客人抱頭慘叫。「為什麼？這十幾年來已經非常痛苦了，我不要愛他一萬年！」

「因為你們還沒察覺彼此共同設定的課題。」

「那是什麼意思？」她慌張的說：「夫妻難道不是前世互相欠債，今世來經歷恩怨情仇還債的？現在我們互相怨恨，不是已經還清了嗎？還要共同學習什麼？」

「錯！不是還不還的問題，冤冤相報無法解決仇恨，只會剪不斷，理還亂，別說一萬年，糾纏千萬年都有可能。」

「我希望跟他在這一世就能解決，不然太痛苦了。」

「其實要化解人與人之間的糾纏，重點在於發覺共同設定的課題，並一起努力學習。」光藏又說，「如果你們能學好那個課題，得到心靈的成長，那麼恭喜，下輩子你就可以換個人，他也能換個人，去學習新課題，不斷精進。」

「那我該怎麼做呢？」女客人點頭，似乎聽懂了一些，但表情依舊困惑。

「你講了這麼多，一直糾結在有錯沒錯，你們的課題非常明顯——必須彼此都原諒對方，並原諒自己。」

「這我聽得比較懂了。」

「接下來，建議你先帶著善意去找他，好好的向他道歉。」

「如果他不接受，怎麼辦？」她低下頭左右搖晃，擔憂的問。

「那你就耐著性子，把這番道理告訴他，勸他放下仇恨，並感謝他跟你一起設定了這個學習成長的課題。」

「唉！我猜，我和他一定是前世累積了太多罪業，才會被老天爺懲罰，在人間學習這麼痛苦的課題。」她感嘆的說。

「哈哈！」光藏搖搖頭。「其實我們都是自願來的，課題也是自己定的。我們知道自己欠缺某些能力，想透過人間才有的挫折和痛苦，來不斷鍛鍊心靈成長，朝成佛成聖邁進。既然是主動的，就不該怨天尤人了，相反的，當痛苦出現時應該正面看待，去省思它背後的意義，才能覺知課題之所在。」

「我懂了，但是我需要時間好好消化這些。」她終於鬆了一口氣。

「其實啊！」光藏笑著說，「這《愛你一萬年》看似一首情歌，但是從反面聽起來，它可是一首『勸世歌』呢。」

「哈哈哈！」女客人被逗笑了。光藏看她這樣，便讚美說：「你剛才講的春珠的故事，非常好聽，你好會說故事。」

「哪裡？沒有啦！哈哈！」她謙虛的搖頭，並且爽朗的笑著。

「你願不願意加入我創立的『瞎掰舊貨宗』，一同為舊貨編撰故事來救度眾生？」光藏誠懇的提出邀請。

「什麼？我自己都救不了自己了，怎敢說要去救別人？」她急忙搖手。「更何況我只會講自己的故事，不會說別人的故事，更別說無中生有的為人編撰故事了。」

「好，沒關係。」光藏雖然有點失望，但仍然感到欣慰。「看到你展開眉頭，露出笑容，我真為你開心。」

「我覺得你跟一般的和尚不一樣。」女客人疑惑又讚佩的說。

「哪裡不一樣？」光藏問。

「我也說不上來。」她又歪頭。

「我告訴你哪裡不一樣。」

女客人滿臉的好奇。

「我是，」光藏指著自己說：「瞎掰和尚。」

「哈哈哈！」女客人笑得彎了腰，把春花珠翠荷包都掉到地上了。

第三話

案頭小石獅

雖然還沒招收到「瞎掰舊貨宗」的第一位弟子，光藏仍感到喜悅，因為這招「請客人為舊貨說故事」有了好的開始。更讓他驚喜的是，客人會把自己的心事融入故事，他因此能跟對方進行心靈交流，幫人面對難關，他感到欣慰又有成就感。從這件事也可以看出，眾生的「我執」確實很深，但相信只要適度引導，都有機會開悟。

「耶！」光藏不禁讚嘆一聲。

他利用語音輸入，把剛才獲得的故事轉成文字檔，上傳到「瞎掰舊貨攤」的粉絲專頁上，配對「春花珠翠荷包」的照片，很快就獲得上百個「讚」的肯定。他滿意的微笑，繼續等候。

幾天過去了，逛攤子的人不少，卻都沒有人來說故事換舊貨。由於已經立了告示規定「只送不賣」，因此儘管有客人出高價要買舊貨，光藏還是婉拒出售。他鼓勵客人講故事，可是客人都搖頭揮手，笑笑離開。看來，對大多數人而言，說故事並不是件容易的事。

週末晚上，有兩個肩上掛著提包的中年女子，聯袂走向攤子。其中一個拿著手機，笑瞇瞇的對照著上面的照片，一邊搜尋攤上的舊貨。她很快就找到目標物，蹲下去拿起來，秀給另一個女人看：「雅蘭，就是這個，案頭小石獅。」

那是一尊青灰色的獅子雕像，可以當成桌上的擺飾品，也能用來做紙鎮。它的材質是青斗石，頭大身小的比例，還有張嘴開懷、前足抱彩球的姿態，都可以看出是一頭年幼的小獅子。

「哇！好可愛。」雅蘭感激的說，「太感謝你了，文蕙。不但帶我來媽祖廟拜拜求子，還特別為我準備禮物。」

「喔喔喔！話不能說得太早。」那個叫做文蕙的女人捧著小石獅，看向光藏說：「還得通過『版主』認可才行，對不對？」

「聽起來你已經有故事了？」光藏揚起眉毛，熱烈期待著。

「有有有。」文蕙把石獅子遞給雅蘭捧著，自己從提包裡拿出一張摺疊的紙說：「因為今天要帶我閨蜜來媽祖廟拜拜，前幾天我早叫我兒子小威寫好這個跟媽祖廟有關的故事，你看，還打字列印呢。」

「哎喲！小威實在太優秀了，都是你這個媽教導有方。」雅蘭誇讚。

文蕙得意的打開紙張準備朗讀，忽然被光藏打斷，「請稍等一下。」

文蕙戛然而止，疑惑的問：「怎麼了嗎？」

「我剛才好像有聽到你們說拜拜求子，是誰要求子？」光藏好奇的問。

「是她，我最好的閨蜜。」文蕙指著雅蘭。

「沒錯，是我，」雅蘭瞬間垂下頭，面帶慚愧的說：「自從我和我先生結婚以來，我們就很想有孩子，可是用盡各種方法，打催卵針、去做人工授精……一直無法受孕。」

「所以，我帶她來拜媽祖，同時叫我兒子寫了這麼一個『求子』的故事，來換石獅子，就是希望雅蘭能夠成功。」

「小威真的是太優秀了。」雅蘭笑著稱讚，「會寫文章、彈鋼琴，英文演講比賽又拿冠軍，學業成績都是第一名，真羨慕你有個好兒子。」

「你忘了兩項，美術比賽全市第二名，還有書法比賽中區第一名。」文蕙連忙提醒，驕傲的神態中帶著點怪罪的口氣。

「抱歉！對對對，還有這兩項得獎紀錄。」雅蘭又吹捧，「我忍不住要稱讚你這個媽，全心全力栽培小孩，是天底下最用心的媽媽了。」

「唉，這些都不是天上掉下來的，全部都要砸錢去補習呀！」文蕙看看手機上的時間，哀怨的說：「你看，現在已經晚上九點了，小威還在補習班補數學。待會兒換得了小石獅，你先拿回去，我還得到補習班去等他下課，接他回家。」

「好。」雅蘭點點頭。「你辛苦了。」

「他就是美術差一點，如果……」文蕙還想要說什麼，光藏已經聽不下去了，連忙拉回正題說：「對了！你說這是個『求子』的故事，我真好奇內容寫的是什麼？跟這個小石獅有什麼關係？」

「寫的是這個案頭小石獅的由來。」文蕙得意的回答。

「太好了，趕快唸給我聽吧！」光藏催促著。

「好，我來唸。」文蕙高高拿起紙張，映著路燈的亮光，炫耀似的說：「這是小威熬夜花了兩個晚上寫好的，補習班的作文老師還幫忙改過三次喔……」

◇ ◇ ◇

媽祖廟的門口立著一對石獅子夫妻，三百多年來，忠實的擔任著守衛。只是，日子久了，他們倆該聊的話早就說光了，漸漸的感到無聊。

這一年冬天，來了一團進香客，領著舞獅隊，在廟門前的廣場上熱熱鬧鬧跳起舞來。舞獅的身上裝飾著紅、綠、黃、藍、紫五種顏色的亮片，在冷冷的陽光下扭動跳躍，光彩奪目，好似一團熱情的火球。

母獅子阿蘭羨慕的說：「老公啊！舞獅身上的衣裳真是美極了。同樣都是獅子，為什麼人家有那麼美麗的衣服穿，偏偏我就是一身粗粗黑黑的石頭皮，醜死了。」阿蘭低下頭來看著自己的身子，跟著紅了眼眶。

「唉，我的好老婆啊！我們是上等的石材雕刻成的，當然是粗粗黑黑的，沒什麼不對呀！」公獅子阿發回答。

「都是你！自從跟了你，沒有一天穿過像樣的衣服，嗚……」阿蘭氣不過，對阿發大哭大叫。噪音驚動了屋頂上的剪黏動物們，其中的青龍溜下來，高聲喊說：「獅兄，獅嫂，什麼大事吵成這樣呢？」

聽完阿蘭的控訴之後，青龍說：「依我看這青斗石是石材中最高級的，也算是最高雅的衣服了，獅嫂怎麼還不滿意？」

阿蘭回答：「這怎麼行呢？你們屋頂上的剪黏動物，個個五彩繽紛，整座媽祖廟就只有我們的石頭皮又粗又黑，醜得要命，我當然不能忍受哇！更何況我辛苦工作了那麼久，從來也沒有要求過什麼，這一次，也是第一次，只不過想要一件美麗的衣服罷了！」

青龍說：「既然想要一件五顏六色的衣服，乾脆跟我上屋頂，向剪黏們要一些羽毛和鱗片，做一件來穿就是了。」

「真的嗎？可以嗎？」阿蘭好驚喜，跳上屋頂，由青龍帶著她去拜訪彩鳳。

彩鳳聽了，同情的說：「唉！同樣都是女性，我能體會你的心情。沒問題！我這就為你設計一件最華麗的衣服。」

屋頂上的剪黏動物有好多種，都是工匠們剪下瓷碗片和彩色玻璃，一塊一塊拼貼起來的。除了青龍和彩鳳之外，有麒麟、白鶴、烏龜和鯉魚，還有各式各樣的花朵、花瓶和葫蘆。

熱心的彩鳳先捐出一些五色毛編成衣服，再向白鶴要了羽毛做成領子，又把青龍的綠鱗片、麒麟的金鱗片和鯉魚的紅鱗片做成袖子，然後綴上桃花、梅花、杏花、菊花和牡丹，一件高貴華麗的衣服很快就完成了。

彩鳳把衣服交給青龍，說：「接下來，看你的了。」

青龍爬到媽祖娘娘的香爐前，吸取一口檀香，再吐在衣服上，那瓷片和玻璃立刻軟化成為輕柔的絲綢，閃閃發光，美麗極了。

阿蘭捧著新衣，感激得說不出話來，拚命的點頭表達謝意。

第二天一早，阿蘭穿上新衣，挺直腰桿，神氣的搖起尾巴，阿發也感到很光榮。

阿蘭心想：這麼漂亮的衣服，應該給更多人欣賞，要不然就白穿了。於是她跑到附近王爺廟的廟埕上，學舞獅熱情的跳起舞來。

鎮守王爺廟的石獅子夫婦阿昌和阿春看得目瞪口呆。「那不是媽祖廟的阿蘭嗎？」阿昌說，「她不在媽祖廟上班，跑來這裡幹什麼？」

「老公，你看她身上的衣服，真是漂亮極了。」阿春忍不住誇讚起來。

阿春跑到阿蘭身邊，好奇又讚嘆：「哇！阿蘭啊！你哪裡買來的衣服？又是金線又是紅花，花團錦簇，真是美！」

阿蘭抬起下巴，驕傲的說：「這不是買的，是……」

「媽！嗚……」遠遠的從阿昌那兒傳來哭聲，打斷了她們的對話。

「來了！」阿春一聽，連忙跑回去，阿蘭好奇的跟過去看。

「媽，你跑去哪裡了？人家好想你。」說這話的是一隻小石獅。

「哎喲！我的寶寶，怎麼這麼黏媽媽呢？」阿春抱起小石獅，又是心疼又是怪罪的說：「媽媽只不過離開你一下下，你就想媽媽啦！」

石獅寶寶馬上破涕為笑，賴在媽媽的懷裡撒嬌。

「因為你很重要啊！孩子還小，需要爸爸，也需要媽媽。」阿昌笑著說。石獅寶寶轉頭看爸爸，伸出雙手，要阿昌抱抱。阿昌便把他接過來，摟進懷裡。

阿蘭擔心他們忘了自己的存在，連忙炫耀說：「這一身新衣服是我老公送的生日禮物啦！漂亮嗎？」阿蘭故意撒了謊，想讓他們羨慕，還把尾巴翹得高高的。

「喔喔！漂亮，漂亮。」阿春轉頭看一眼，又忙著把寶寶抱過來對阿昌說：「你剛才已經抱很久了，現在是我們母子的專屬時間。」

「哪有？我還沒抱夠……」

夫妻兩人就這麼把寶寶抱過來、抱過去的，寶寶覺得好玩，「呵、呵、呵」的笑得很開心。

阿蘭被冷落了，她不高興的問阿春：「難道你都不羨慕我有新衣服穿嗎？」

「是有一點羨慕，但又沒那麼羨慕。」阿春笑著說。

「為什麼？」阿蘭問。

「我有寶寶就很滿足了。」阿春說。

「是啊！我們有寶寶就夠了，沒有什麼奢求了。」阿昌說。

阿蘭感到好挫折，反而羨慕他們有個可愛的寶寶。她狼狽的回到媽祖廟，脫了衣服，生氣的罵阿發說：「都是你害的。」

「怎麼了？」阿發感到莫名其妙。

阿蘭把剛才的事說給他聽，還責問：「你怎麼就沒有給我一個孩子？」

阿發也生氣了。「這能怪我嗎？當初蓋廟的時候就沒有，你怎麼不去怪工匠？」

「我想要孩子，你給我想辦法。」

「我有什麼辦法……」

兩隻石獅子又在廟門口大吵大鬧。

剪黏們不知他們這次又在吵什麼，紛紛叫青龍再去關心一下，正好媽祖娘娘發現了，先叫青龍過來問，才知道之前阿蘭想要一件漂亮衣服的事，於是把他們夫妻叫到面前。

媽祖娘娘說：「你們夫妻倆辛苦的工作了那麼久，而我卻沒給你們獎賞，就連阿蘭想要一件美麗的衣服，我也沒準備，這真是我的疏忽。今天，就讓我好好補償你們，送你們禮物。」

祂拿來一枝毛筆，沾滿胭脂花粉，在石獅子身上點畫幾下，石獅子瞬間變成了晶瑩剔透，五彩絢麗的玉獅子。仔細分辨，那紅色的是瑪瑙，綠色是翡翠，黃色是琥珀，藍色是寶石，紫色是水晶，各自散發耀眼的光芒。

「哇！太神奇了。」剪黏們都跳下來觀賞。

阿發甩甩頭大叫：「喔！這一身彩色的玉太花俏了，我不習慣。」

阿蘭回過神來，說：「不，我不要當玉獅子，漂亮也沒什麼意思。」

媽祖娘娘將獅子變回原形，說：「那麼，你們想要什麼獎賞？」

阿蘭毫不考慮的回答：「我想要有個孩子陪伴，日子有意思些。」

阿發接著說：「我會好好教育他，當個負責盡職的好守衛。」

「沒問題。」媽祖娘娘笑著摘下一顆鳳冠上的黑鑽石，靠在紅唇上親一下，變出一隻小石獅子。他的臉蛋紅得像蘋果，眼珠子就像黑珍珠，溜溜的轉來轉去，可愛極了。

阿蘭捧進懷裡，逗小獅子笑，一股幸福感湧上來，那比得到漂亮的衣服有著更深、更飽滿的滿足感。

「講完了！」文蕙以邀功求賞的眼神望向光藏。

「哇！這個故事寫得真好。」雅蘭讚賞說：「不愧是你的兒子。」

「沒有啦，沒有啦！」文蕙刻意謙虛的說。

「這篇童話故事文辭優美，角色活潑，寫得很不錯。不過，」光藏說著頓了一下，然後惋惜的說：「可惜有點欠缺寓意。」

「哦？哪裡欠缺？」文蕙歪著頭，著急的問。

「怎麼會用孩子來比喻衣服？」光藏質問。

「有嗎？」雅蘭不確定。

「沒有吧！」文蕙否認，但口氣不是很篤定。

「故事的最後是用小石獅子來取代美麗的衣服，讓母獅子感到滿足。」光藏語重心長的說，「衣服穿在石獅子身上並沒有保暖的功能，只是阿蘭拿來炫耀美麗用的，難道孩子也是用來炫耀的嗎？」

「這……」文蕙似乎被人戳中要害，一時語塞。

「媽媽看到孩子出生都會很開心，跟炫耀無關吧？」雅蘭幫忙緩頰。

「真的無關嗎？」光藏反問雅蘭，「還有，看到別人有孩子，自己也想要有，這是愛孩子嗎？或是為了填補空虛？還是不想輸給別人呢？」

兩個女人都說不出話了。

「別緊張，其實，這個故事還沒結束，」光藏笑著說，「讓我來故事接龍，說出故事的後半部……」

◇ ◇ ◇

阿蘭和阿發得到媽祖所賜的小石獅，討論了好久，決定給他取名叫做小威。

阿蘭把那一件剪黏們幫忙製作的華麗衣服，給小威裹上。

「看看、看看，這是我的孩子。」她抱著小威到處炫耀。

「小威好可愛。」青龍笑著說。

「穿上這件衣服真漂亮。」彩鳳稱讚，「比我的羽毛還美麗呢！」

其他剪黏動物也不停的誇獎小威，阿蘭聽了非常開心。

沒有多久，她就覺得那些讚美的話聽來聽去都差不多，有些無趣。她心想，如果小威能變得與眾不同，必定會讓大家更驚豔。

所以她抱著小威跑進大殿，求媽祖說：「求求您，把我的孩子變成玉獅子。」

「為什麼？」媽祖感到奇怪。

「雖然他現在這樣很可愛也很漂亮，可是如果變成玉獅子的話，就更華麗高雅和珍貴了。」

「不行！先前我把你變成玉獅子，是念在你看守廟門勞苦功高，你卻不要，只想要孩子，我也已經幫你實現了。」媽祖不高興的說，「現在你又要把孩子變成玉獅子，說來說去，只是虛榮和貪心，這樣太自私了，我不答應。」

阿蘭被媽祖數落了一頓，心裡憋著一股氣，但是不敢發作。等到她失望的回到廟門前，便生氣的甩著懷中的小威，一邊說：「你呀你，人家不讓你更漂亮啦！」

小威感到不舒服，開始哭泣。「哇！嗚……哇……」

「不要哭！」母獅子對小威下命令，「不准哭。」

「哇！嗚……哇……」小威卻哭鬧得更大聲了。

「好啦好啦，乖乖，乖乖，不要哭……求求你，不要哭……」她低聲下氣，輕輕搖晃著懷中的孩子，哄了很久很久，才讓他安靜下來。

沒多久，小威想要玩，爬到她身上。她心情不好，把小威趕下來，小威又開始哭了。她心煩，乾脆把孩子丟給阿發。「喂！你這個做爸爸的，也該陪孩子玩玩，盡點責任吧！」

阿發聽了，把小威帶來身邊，陪他玩起跳躍、追逐和躲藏的遊戲。阿蘭逕自跑到金爐下面睡覺，睡得很香。

過了半天，阿發也累了，趴到廟門口休息，而小威卻還精力旺盛，趁阿發不注意時跑進廟門。

他對一切都感到好奇，看到什麼都想要碰一碰，咬一咬。結果他胡亂咬壞神桌的腳，還爬上梁咬破了「天上聖母」的匾額，更跳上屋頂咬碎剪黏做的花朵、葫蘆和花瓶，甚至還咬傷彩鳳的翅膀。

剪黏動物們受不了，全都從屋頂下來向他們夫妻抗議。他們只好一起喚回小威，然後帶著他向大家道歉。

「你這個壞孩子，我們的臉都被你丟光了！真是氣死我了！」阿蘭氣得大罵小威。

沒想到越罵小威，小威越壞，越不聽話，他後來竟然還跑到媽祖的神桌上，扯破了媽祖的袍子。剪黏們知道後更氣憤了，強烈要求媽祖把石獅子一家趕出媽祖廟，而媽祖也搖頭嘆氣，開始認真的考慮……

✥ ✥ ✥

「我也說完了。」光藏笑著說。

「哎呀！小石獅怎麼變壞了？」雅蘭難過的說。

「這位師父，你好過分，怎麼好像把我家的小威，講成變壞的小石獅？」文蕙怪罪的說。

「我只是想提醒你，母獅子阿蘭並不愛小獅子，她只愛自己，把小獅子當成炫耀的工具。而你如果跟她一樣，利用孩子的成就來給自己添面子，小孩會認為讀書學習都是為了滿足你，而跟他自己的需求無關。在他的需求被你忽略和壓抑之下，漸漸的會累積怨氣怒氣，等他長大爆發出來，恐怕一發不可收拾。」光藏又說。

「我都是為他好啊！把書讀好，多學些才藝，將來長大了好找工作，不是嗎？」文蕙用理所當然的語氣反質問光藏。光藏微笑不答。不過這似乎讓文蕙動氣了，她又問：「你知道當人家的父母有多辛苦嗎？」

「對！媽媽好偉大的。」雅蘭拉著文蕙的手臂，拍拍她的背，幫忙緩頰。「像我就好想要有個孩子，可是就沒有辦法。」

「為什麼你想要當媽媽？」光藏轉頭問雅蘭。

「有孩子陪伴很好啊！不像我現在，每天都好無聊，丈夫上班，我當家庭主婦，做完家事後整天無所事事，不知做什麼好。」雅蘭說到這裡，感覺這個理由不是很充分，又補上：「我喜歡小孩，小手小腳、牙牙學語都很可愛，看著他長大很有成就感……還有，人家說養兒防老嘛！」

文蕙從好友的話中獲得肯定，鬆了口氣說：「我聽人說過，上帝愛世人，但是沒有辦法照顧每一個人，所以發明了媽媽來幫忙祂照顧孩子。」

「沒錯，這是一種說法，不過我有另一個看法。」光藏說：「你們看那廟裡面的神佛，救苦救難，度化眾生，祂們為的是誰？」

「為誰？」兩個女人面面相覷。

「為祂們自己嗎？」光藏提示。

「當然不是，祂們為的是那些受苦難的人們。」文蕙說。

「祂們又不是在做業績來換獎金。」雅蘭笑著說。

「對了，祂們發揮的是無私無我的大愛精神。」光藏笑著說：「祂們在還不是神佛之前，也曾經跟我們一樣是人，是經過一世又一世，不斷的學習『放掉自我』，用行動展現『無私的付出』，在無形中累積越來越大的能量，最終才成神成佛的。」

文蕙和雅蘭頻頻點頭。

「很多人不知道，父母生養孩子，其實便是學習『無私的付出』的起點。」光藏又說。

「不懂！」文蕙皺眉搖頭。

「你是不是想把最好的都給孩子？」光藏問。

「沒錯，有什麼好吃的，我都留給孩子，看到好東西，就想買給他用，天下父母心嘛！」文蕙微笑說。

「孩子生病痛苦的時候，你有什麼感覺？」光藏又問。

「很擔心啊！有一次我兒子發高燒，失去意識。我很慌張，趕快帶去看醫生，全心全意照顧他，煩惱得不得了，真希望代替他承受痛苦。」文蕙感慨的說。

「這就是了，這時你的心裡沒有了自己，只有孩子。」光藏又說：「所以說，為人父母者已經超越了『只為自己』的階段，而向上跨一階，邁入學習『無私付出』的層級，朝成神成佛的方向慢慢靠近。」

「哇！你和你丈夫真不簡單呢！」雅蘭望著文蕙誇讚著。

「不過，如果弄錯了方向，像這篇童話中的阿蘭，把孩子當成炫耀的工具，那不但不是無私，還是自私，反而向下沉淪，離神佛越來越遠啊！」光藏語重心長的說。

文蕙聽著低頭沉思。

「這位施主，祝福你早生貴子，邁入學習之旅。」光藏轉頭對雅蘭說。

「謝謝師父。」兩個女人不約而同，向光藏鞠躬道謝。

「來吧！用這個童話故事跟我交換小石獅。」光藏伸手，取走了文蕙遞過來的紙張，又說：「你們有沒有興趣加入我創立的『瞎掰舊貨宗』？

一起為舊貨編撰故事來度化眾生。」
兩個女人都搖頭，文蕙還說：「我從小就很不會寫作文，我沒有辦法。這篇童話是我兒子寫的，他忙著補習和寫功課，也不可能加入師父的宗派，除非他長大後自己決定。」
「不錯喔！你會讓他自己決定了。」光藏笑著說。
文蕙尷尬的笑著，輕輕抓著自己的頭髮。
她們朝光藏鞠躬，然後拿著案頭小石獅離開。
光藏不免有些失望，不過他又得到一個有意義的故事，他等等會把它上傳到粉絲專頁，相信那將會發揮影響力，吸引更多有緣人前來。
忽然他手機一響，收到一則留言，是個名為「憂心王子」的粉絲傳來的：「媽祖廟離我太遠，我爸下班後很晚了，不方便前往，請問你是否能流動擺攤，也到我家附近的恩主公廟前擺一擺？我要帶我爸過去。我的故事已經準備好了，我想要換的舊貨，是那一個……」

「喔！」光藏一看那舊貨的名稱，忍不住好奇，低頭看向地攤上那一尊……

第四話
短髮芭比娃娃

流動擺攤？這點子聽起來不錯。光藏心想，既然有了「瞎掰舊貨攤」的粉絲專頁當交流中心，那麼並不需要拘泥在同一個地點，而是可以到各大廟宇前擺攤，只要提前公告時間和地點就行了。如此一來，方便各地民眾參與，也能增加被關注的程度。

「謝謝你的建議，這點子太棒了。」光藏回覆「憂心王子」後，便貼文公告：「從明天開始，『瞎掰舊貨攤』將改到恩主公廟前為大家服務，為期一個星期。」

他收拾好東西後，開車回到南投的清泉寺，隔天傍晚又前往臺中，目標是「憂心王子」家附近的恩主公廟。

來到廟口，他發現廟埕停了一輛小貨車，車斗上是一座布袋戲的大戲棚，看起來今天晚上有酬神戲要演出。眼看小貨車的前後各擺了一座大音箱，想必演出時會發出巨大的聲響，勢必會影響到他與客人的交流，更別說要聽客人說故事會有多困難了。

光藏轉而把車子開到離戲棚一百公尺外的街道轉角處，沒多久布袋戲開演了，他那裡雖然能聽見布袋戲演出的聲音，但與人交談並不會受到干擾，接著他用通訊軟體告知「憂心王子」。

「太好了，我和我爸都外食，晚餐後才回家，所以大約八點，我就會帶我爸過去。」憂心王子回覆。

光藏一邊等著，一邊整理先前上傳的內容。遠處傳來布袋戲的演出，那位操偶師聲音滄桑老練，聽得出是一位老先生。

果然到了八點，一位三十歲左右的男子跑過來對他說：「嗨！我們來了。」

「歡迎光臨，憂心王子。」光藏開心的回應，看見他身後跟著一位六十歲左右的中老年人，便打趣的說：「那麼……這位是憂心國王嘍？」

憂心王子急忙對光藏眨眼睛使眼色，光藏趕緊閉嘴。只見憂心王子轉頭說：「爸，你喜歡去逛舊貨攤，以後不用大老遠跑去太原跳蚤市場了。這是最近網路上有名的『瞎掰舊貨攤』，我說他會專程到恩主公廟為我們服務，你看，我沒騙你吧！」

「還真的是呢！東西真不少。」那位父親低頭掃視一番，微笑點頭。

「你看看喜歡哪一個舊貨，不用錢喔，只要幫它說一個故事就能得到它。」兒子興奮的對父親說完，轉頭問光藏：「對不對？」

「沒錯。」光藏笑著說。

「這麼好？」父親驚訝的說。

「年輕人，來吧！」光藏拿起攤子上唯一的洋娃娃，問說：「你指定了這個芭比娃娃，你說，它有什麼故事呢？」

那位父親有些疑惑又嫌棄的說：「你要這個洋娃娃做什麼？你一個男生玩什麼芭比娃娃？還有，家裡面不是很多了嗎？都是你們小時候，我買來給你姊的生日禮物。」

「姊要結婚了，我想送給她當結婚禮物，她最喜歡這種特殊稀有的款式，短髮的芭比。」

「結什麼婚！亂七八糟的！天底下哪有這種事？簡直是離經叛道！」父親突然暴怒，惡狠狠的說：「不可能，不可以，我絕不答應。」

「啊！」光藏著實被嚇了一跳。

「不管如何，反正我要先得到這個芭比。」兒子不理會父親的情緒，反而笑著對光藏說：「我要開始說故事嘍！」

「好，好……你講，你講……」看起來兒子早有預謀，但光藏搞不清楚狀況，只能眼巴巴的望著兒子說。

「這一尊短髮芭比娃娃，名字不是Barbie，而是……」

✧ ✧ ✧

巧欣從七歲生日那天，每年都會收到一份爸媽送的生日禮物——芭比娃娃。到了七年級，過十三歲生日前，她已經擁有了六個不同造型的芭比。而那一年除了新的芭比，爸媽還加送「芭比的男朋友」肯尼娃娃。

拿到那一對情侶娃娃時，巧欣瞬間感到腦中竄過一股電流，意識到什麼。她拿出剪刀，將那年的新芭比剪去長髮，變成跟肯尼一樣短的髮型。她覺得這樣不夠，還扒去肯尼身上的衣服，穿到這位短髮芭比身上，然後興味盎然的仔細端詳，露出帶有成就感的微笑。

那時電視上剛好在播報同志大遊行的新聞，螢幕上有男生和男生牽手，也有女生和女生勾肩搭背，都高呼著口號：「我們要結婚！」

爸爸看了，很不高興的說：「這是什麼跟什麼？天下大亂了嘛！陰陽顛倒，天理難容，這不是先進、前衛，而是亂來！」

「哎呀！人家外國已經有好幾個國家通過同志婚姻法了。」媽媽無所謂的說著。

爸爸搖頭，堅決的說：「在臺灣，我就不同意。」

「人家結不結婚關你什麼事？」媽媽說：「你也管太多了。」

「對，確實不關我的事，別人家的兒女我管不著，但我們家就是不行。」爸爸說完，還回頭警告他們姊弟：「你們給我聽好，誰敢亂來、亂學，我就把他趕出家門。」

「你搞什麼？今天是巧欣生日，生什麼無聊的氣？」媽媽怪罪的說。

「呵！對喔，不好意思。」爸爸也覺得自己反應太大了，冷笑了一下，然後給媽媽下令：「把電視關掉，看了就煩。」

巧欣默不作聲，低下頭，朝牆壁白了一眼。

「姊姊，這算是什麼創意嗎？」小他兩歲，就讀國小五年級的弟弟巧悅，在她面前困惑的問。媽媽關掉了電視，好奇的過來看，接著驚訝的說：「天哪！你怎麼把娃娃美麗的長髮剪掉呢？」

爸爸聽到驚呼也過來看，不可思議的說：「你竟然還給她換了男裝？這是為什麼？」

巧欣沒有回答問題，「啊！這樣不對。」而是若有所悟般，急忙脫去短髮芭比身上的男裝還給肯尼，重新為芭比穿上原來的衣服，然後說：「芭比的另一半，叫做Robin。」

「Robin？羅賓？」媽媽困惑的問，「你把肯尼改名叫羅賓嗎？」

「羅賓好啊！很陽剛的名字，就像劫富濟貧的羅賓漢，那可比肯尼有男子氣概多了。」爸爸十分讚許，並得意的說：「我的女兒就是聰明。」

幾天後的傍晚，巧欣去補習英文，弟弟巧悅趁機跑到姊姊房間玩，沒多久忽然尖叫著衝出來。「啊，爸、媽！你們來看！」

爸媽以為發生了什麼可怕的大事，趕緊隨巧悅走進巧欣的房間，順著他的手指看過去，只聽得巧悅大驚小怪的說：「展示櫃上面原本擺放了六個長髮芭比，和一個短髮芭比，現在變成四個長髮和三個短髮，一配一湊成了三對，剩一個長髮的落了單。」

「哈！我還以為發生了什麼事呢！」媽媽怪罪的打了一下巧悅的肩

膀。「這有什麼好亂叫的？」

「姊姊好奇怪，喜歡亂剪洋娃娃的頭髮。」巧悅調皮的說。

「長髮飄逸，短髮俏麗，每個女生都想要不同的美麗，經常把髮型換來換去，我就是這樣啊！你們男生不懂啦！」媽媽笑著說。

「可是你們看，一個長髮配一個短髮，配成了三對。」巧悅疑惑的說：「而那個被改名為Robin的肯尼，沒在裡面配對。為什麼？」

「這有什麼好奇怪的？小女生討厭男生，喜歡跟女生玩在一起，這不是很正常嗎？」爸爸理所當然的解釋。

巧欣回家後，聽媽媽轉述這件事，只是哼哼笑了兩聲，什麼都沒說。

從那時開始，巧欣更加沉迷於為這些娃娃打扮：幫長髮芭比們梳頭髮、化妝、換穿充滿女人味的各類服裝、戴上亮晶晶的項鍊、耳環、手鍊。同時她也幫短髮芭比做造型，將衣服改成短袖短裙，還買了布料，一針一線的縫製迷你的褲裝，例如牛仔裝和卡其工作服。

巧悅留意到姊姊怪怪的，當她打扮好某個特定的短髮芭比之後，她總會捧在手掌心，專注又深情的望著娃娃露出微笑，持續很久一段時間。他還發現被改名為Robin的肯尼娃娃不見了，沒在展示架上，也不在抽屜裡。經過他鍥而不捨的搜尋，最後終於找到了，那個孤單的男朋友被姊姊丟進了床底下，伸手搆不到的地方。

不久爸爸接到巧欣的班導打來電話，說：「巧欣的爸爸，我發現許巧欣最近上課時常常分心在照鏡子，然後一直整理頭髮，還會把耳朵旁的長髮拉起來編辮子玩，嘗試各種變化。」

「啊！這孩子上課不專心，真是不應該，謝謝老師提醒，我會罵罵她。」爸爸客氣的說。然而老師接著說：「不！巧欣的爸爸，根據我多年的教學經驗，這年紀的女孩子正值青春期，本來就會在意自己外貌，但是像巧欣這麼頻繁的照鏡子梳頭髮，大半是因為談戀愛了。」

「談戀愛？不會吧！」爸爸的聲音拔高了八度，還放大了三倍。他不可置信，忍著不悅，客氣的對老師說：「我從沒聽她說過，她媽也沒跟我說過，我們夫妻相處是不會隱瞞彼此的，難道老師你有發現她跟哪個男孩在交往嗎？」

「那倒是沒有。」老師認真的說著，「在學校沒看到她跟哪個男生走得比較近，所以我今天打電話來，就是要提醒你們，小心留意她有沒有跟校外人士交往，尤其是網路上認識的陌生人，千萬要關心她的交友狀況，免得她被人騙了。」

爸爸道謝掛了電話後，立刻跟媽媽講這件事，媽媽也十分驚訝擔憂。

那一天下午，巧欣放學回家後，爸媽便開始詢問她的交友狀況。

「男朋友？我交男朋友？」巧欣一副被冤枉的模樣。「我才不屑那些臭男生呢！你們有看過我跟哪個男生講話了嗎？手機給你們查，看我有跟哪個男生通訊。」

媽媽不放心的拿過去察看一番，然後望著爸爸搖頭。

「嘿！你也別生氣，我們只是關心你。」爸爸低聲下氣的打圓場。

「無聊！」巧欣這麼大聲一回話，似乎喚醒了爸媽的愧疚，令他們閉嘴低頭，默默離開。

巧悅聽到動靜，跑過來問了狀況，然後笑著對爸媽說：「姊哪是交男朋友？」然後就把巧欣望著那些短髮芭比，深情款款的模樣說給他們聽。

「姊是愛上了芭比娃娃。」

「喔！那就好。」媽媽拍拍胸脯，放下心的說。

「原來是把情感寄託在娃娃身上，那很正常啊！」爸爸安心的笑著說：「哈！只要不是跟男生交往就好。」

「可是，這樣會不會影響她的功課呢？」媽媽提出另一層擔憂。

爸爸心領神會的癟癟嘴，點點頭。

第二年，巧欣十四歲生日前幾天，她對媽媽說：「我聽說出品芭比娃娃的美泰爾公司，終於推出了短髮版的芭比，我今年想要一個當生日禮物。」

媽媽微笑著搖搖頭。「爸媽已經決定了，從今年開始不再送洋娃娃給你當生日禮物，改成帶你去餐廳吃生日大餐。」

「為什麼？」巧欣不懂。

「因為你已經有很多芭比娃娃了，而且我們也擔心你把心思放在裝扮這些洋娃娃上面，會影響到你的成績。」爸爸嚴肅的說。

「才怪！這跟成績一點都沒有關係。」巧欣不高興的說：「而且，我並不愛吃什麼大餐。」

那一年的生日，巧欣還是勉為其難的跟著家人到西餐廳吃牛排，但是全程表情冷淡，說沒幾句話。

顯然爸媽不愛她玩洋娃娃。為了讓他們安心，也免得自己挨罵而煩心，縱使她積存了不少零用錢，也沒有去買那個新推出的短髮芭比。從此她常常鎖起房門，望著那個落單的長髮芭比發呆，然後，默默的流下寂寞的淚水。後來她把注意力轉到功課上面，並且下決心要讀出好成績，以便將來能自由選擇要讀的大學——一個離家遠遠的，爸媽管不到的地方。

幾年之後，巧欣如願甄試上了外地的知名大學，爸媽都與有榮焉，逢人就稱讚這個女兒。

到外地求學的巧欣在外面租房子，還到星巴克打工養活自己，從此過著隨心所欲的日子，可以恣意留長髮燙出柔美的大波浪，並且自由的尋找她生命中的Robin。

而那個Robin不久就出現了。

其實是Robin找上她的。Robin的中文名字是林如玉，英文名字並非Robin，而是Judy。她是一家旅遊公司的主管，常常帶屬下到星巴克開下午茶會議，巧欣下午沒課時去打工，偶爾會見到她。

巧欣感覺如玉似乎對她格外友善。一開始，如玉開會前到櫃臺點餐，總會熱絡的跟巧欣聊兩句：「嗨，今天沒課喔！」「最近功課應該很忙吧？」漸漸的，如玉在會議結束之後，會到櫃臺找巧欣，用真摯的眼神望著她讚賞：「哇！你今天看起來真漂亮。」「好久不見了，會想你呢！」讓巧欣害羞臉紅，心裡卻喜孜孜的。

每回如玉來開會，巧欣都會偷偷觀察。如玉人不高，但語言中充滿自信和威嚴，字字句句簡要俐落，就像……對了，就像如玉那一頭俏麗的短髮。她總是一身帥氣的套裝，有時搭長褲，有時配短裙，坐在屬下們的中間，姿態崇高而優雅，聆聽報告要求重點，回覆決策迅速精確，一定在半小時內結束會議。

大約是見面第七次那天下午，如玉結束了會議向巧欣走來：「美麗的姑娘，下班後有沒有事要忙？不知可否有榮幸和你共享晚餐？」

「嗯！」巧欣答應了。

就從那一次約會之後，兩人正式交往了。巧欣帶如玉到租屋參觀，秀出七個爸媽送的芭比娃娃。她分外認真的對如玉說：「這四個長髮的是芭比，三個短髮的是Robin。」

「怎麼少了一個Robin來配對？」如玉好奇的問。

「我爸媽從我七歲時開始買芭比娃娃給我當生日禮物，但是十四歲那一年卻不再送了。其實這些短髮的Robin都是我自己改造的長髮芭比，爸媽怕我沉迷於裝扮娃娃，影響了功課，害得剩下這一個長髮芭比孤單一人，好寂寞喔。」

「沒關係，我來當第四個Robin。」如玉舉手起誓。「從今天開始，我會全心全意的用我的生命來愛巧欣，我也從現在開始換英文名字，從此不叫Judy，而是Robin。」

巧欣認真的說：「Robin可不是羅賓喔，更不是羅賓漢，你可別搞錯了。」

「小傻瓜，我怎麼不懂，我是Robin，蘿蘋。」

巧欣好感動，熱烈的擁抱她。「嗚……」忽然傷感的啜泣起來。

「怎麼哭了？」蘿蘋心疼的撫著她的背，關懷的問。

「嗚……終於……」巧欣拿起十三歲時的禮物，那第一個被她改造的短髮Robin，嗚咽的說：「終於有人懂她的名字……」

「我來了，你的蘿蘋。巧欣，你不會再寂寞了……」

◇
◇
◇

「停停停！我聽不下去了。這算什麼故事？你只是把你姊的往事說了一遍，她是裡面的巧欣，你是巧悅，不要以為我聽不出來。」父親出聲阻止憂心王子繼續說下去。「我沒辦法接受，兩個女生怎麼會有愛情？更何況，你姊說要跟那個蘿蘋結婚，女生跟女生結婚，這是開玩笑嗎？」

「爸，那是你不懂，性別平等法裡面早就規定，『LGTBQ＋』各種性別族群，也都享有跟一般人一樣的義務與權利。」

「你說那些什麼奇怪的英文符號，我聽不懂，我也不想懂……」父親把臉別過去，不悅的說。

光藏看出其中的癥結，急忙發問：「你剛才說的 LGTBQ＋是什麼意思？我非常好奇。」

「L是Lesbian，女同性戀者；G是Gay，男同性戀者；B是Bisexual，雙性戀者；T是Transgender，身心性別相反的跨性別者；Q是Queer，對性別認同感到疑惑的人；＋則代表還有其他無限的性別可能。」憂心王子回答，「這些人都是性別光譜裡面的少數分子。」

「這些人我見過不少，他們只是少數，並非不正常。」光藏幫著說。

「當初你姊帶那個蘿蘋來家裡玩，我以為只是她的好友，對她也是熱情招待，誰知道她們在交往，早知如此我一定會阻止。」父親依然有氣。

「爸，去年媽媽癌症住院時，我們都要忙著上班，缺乏人手來照顧媽媽，人家蘿蘋硬是請了十天的年假來幫忙照顧……」

「怎樣？你這是在討人情，情緒勒索嗎？」父親氣呼呼的說：「我以為她們是情同姊妹，不分彼此的好朋友，所以才接受她的好意。我當然很感謝蘿蘋，可是，她現在要跟你姊結婚，結婚耶！你說我能接受嗎？」

「為什麼不能接受？臺灣的法律已經承認同性婚姻合法了，你沒有理由阻擋人家。而且她們是真心相愛，想要相伴一生，不信的話，我來讀一封信給你聽……」憂心王子從口袋拿出一張紙，讀起裡面的內容，「親愛的，我對你的愛天地可以見證，不管你的父親多麼反對，我一定要跟你結婚。我們交往是我一生最快樂的時光，請讓我用下半生給你無微不至的愛……」

「聽不下去了，簡直胡說八道！噁心、亂來……」父親又打斷兒子。

「爸，你知道這封信是誰寫的嗎？」憂心王子問。

「不就是那個蘿蘋寫給你姊的嗎？真是胡鬧！」父親生氣的說。

「不！你自己看看。」兒子把信遞給父親，並且指著署名。

「什麼，怎麼會是我的名字呢？這是怎麼回事，你在搞什麼鬼？」父親驚訝的大叫。

「爸，這是你年輕時寫給媽媽的情書，你看清楚一點，全都是你的字跡。」

「啊！真的是。」父親仔細端詳字跡和內容，鎮靜下來。「我想起來了，這是我當年被你外公拒絕後，寫給你媽的信。你怎麼會有這封信？」

「不只這封信，還有十幾封，都是媽媽生前交給我，要我幫她保管的。媽媽說這些信曾被外公劫走，差點被撕毀，是她哭著搶救下來的。」

父親望著那封信，眼角泛淚，陷入思念亡妻的哀傷。

「為什麼你對媽的愛就是真情，姊和蘿蘋的愛就是噁心亂來呢？」憂心王子激動的問。

「……說實在的，」父親垂下雙手，感嘆的說：「我和你媽的婚姻也不被外公祝福，你媽是千金大小姐，我是個窮小子，門不當戶不對，外公不放心把你媽交給我。是我婚後努力籌錢開公司，日夜辛苦賺錢，又生下了你姊和你，外公才慢慢接納我的。」

「當年外公看不起你，跟你現在歧視蘿蘋和姊，不都一樣嗎？」

父親忽然語塞，久久才發聲說：「我現在，大概……可以了解你姊所受的委屈了。」

「爸，不只是被你阻擋的委屈，其實姊跟我說過，她從小就隱瞞著這個祕密，不敢讓別人知道，心中非常苦悶。其實她要的不多，只是想跟心愛的人一起生活，她不管別人怎麼看她、說她，只要家人能支持她，她就有能量頂住。」

「你媽知道這件事？」

「是的，媽無條件支持，但她知道你難以接受，要我找機會好好勸你。」

「不用勸了，拿來！把那個短髮芭比娃娃給我。」父親強力的大喝。

「你要做什麼？」憂心王子不敢違抗，只得戰戰兢兢的把芭比遞過去，並且做好了娃娃被摧毀的心理準備。

父親接過洋娃娃說：「你說這是要送你姊的結婚禮物嗎？」

憂心王子眨眼睛，猛吞口水，艱難的點點頭。

「那就交給我。」父親苦笑一下。「由我在婚禮上交給她，這個短髮的蘿蘋。」

「吼，爸！」憂心王子拍拍胸口，怪罪的說：「差點被你嚇死。」

「眾生平等啊！」光藏讚許說：「這世上的情愛，不管是異性戀還是其他戀都一樣，都是求不得、怨憎會、愛別離等，成佛前必修的諸多課題之一。屬於人道中的八萬四千個課題，人人都要經歷並從中學習成長。」

「我的岳父當年反對我們結婚，難道也是我和我老婆要學習的課題嗎？」父親問。

「當然，那是你們在來人世之前一起訂下的。我不得不敬佩你的女兒，她為自己設定了更高難度的課題，比起你當年被人瞧不起，她所受的歧視、痛苦超過百倍，但她願意忠於自己去面對它，很了不起。」

「我從來沒有想過是這樣，真是感謝師父。」父親誠摯的鞠躬致謝。

「憂心王子，你的故事說得好極了，我想邀請你加入我開創的『瞎掰舊貨宗』，為舊貨編撰新故事來救度眾生，好嗎？」光藏懇切的問。

憂心王子想了幾秒鐘，委婉的拒絕說：「不行啊！我只會講這麼一個故事，而且還是跟我姊懇談後整理出來的，並非無中生有，加上我對別人的事沒興趣，所以我就不參加了。」

「好的，沒有關係。」光藏隱藏失望，繼續說：「今天得到一個好故事，真是太好了，謝謝你。」

那對父子帶著短髮芭比娃娃離去後，忽然，布袋戲的聲音中斷了，光藏往廟埕看過去，沒看出什麼異樣，倒是聽到了遠方有罵人的聲音。不久後，音響又傳來一個男孩的聲音。

那個男孩聲繼續演出布袋戲，但跟之前不同，只有人聲而沒有文武場的背景音樂，光藏感到很奇怪，不知發生了什麼事。

「咦？之前不是老先生在演戲嗎？為什麼突然變成小孩子演出，還沒有配樂呢？」

他忍不住好奇，前往廟埕，繞到後臺去察看。

第五話

白玉鳥蟲篆五面印

光藏從後方往臺上看，那雙手撐著戲偶演出的人，是一個平頭少年，看起來像個國中生，一旁一位中年男士應該是布袋戲團的團長，正無所事事的滑著手機。

「不簡單哪！小小年紀能獨立擔綱演一齣戲。」光藏讚賞著，一邊又覺得哪裡怪。「咦？這齣戲似乎很文雅，沒有打打殺殺的喧鬧聲，跟一般的演出很不一樣，這戲名是什麼呢？」

光藏好奇的回到臺前一看，一張紅紙貼在戲棚下方中央，寫著戲目是《功名歸掌上》。印象中野臺布袋戲多半演出武打戲，例如：《三國演義》、《西遊記》、《封神榜》等等，倒是沒聽過這一齣，於是他留下來觀看。

看了一會兒就懂了，原來是布袋戲的發明人梁炳麟的故事。一位名落孫山的失意書生自創掌中布袋戲，然後到各地演出，享譽全國，最終悟出夢中所見「功名歸掌上」的預言。

這位少年一人分飾多角，口中演出的生、旦、淨、丑和孩童，各自有獨特的音色，令光藏好生佩服。

他忽然想起剛才激發他倡議「眾生平等」的故事，覺得很有意義，趕緊回到攤位，把它記錄成文字上傳。

大約十點，布袋戲演出結束，團長開動小貨車，載著少年從光藏的攤位前經過，正巧遇到紅燈停下來。少年探出車窗，好奇的往光藏這邊看，還盯著舊貨好一會兒。團長發現了，大喝一聲：「阿宏，頭不能伸出去，危險！」

「爸，攤子那邊有個布袋戲偶。」少年興奮的說。

「布袋戲偶我們家多得很，有什麼希罕的？」那團長無所謂的說著。

綠燈亮起，車子開動，少年依依不捨的離去。

光藏默默的目送他們離開，然後也收拾收拾，開車回清泉寺休息。

第二天，光藏忙著處理一些寺務，等忙完了出門，已經晚上七點多。

他抵達恩主公廟前時，布袋戲早已開演，仍播送著老操偶師的聲音。

「喝喝！啊啊！呀……砰砰！砰！」擴音機放送出快節奏的音樂，夾雜著打打殺殺的聲響，跟昨晚的文戲，完全是南轅北轍的不同世界。

他先擺好攤子，然後前去察看，今天演出的劇目是《哪吒鬧東海》。

「喔！那是《封神榜》裡面的故事，說的是哪吒殺死了龍王太子，犯了天條大罪，害父母親遭到牽連的故事。記得哪吒個性十分叛逆，動刀動槍的，看來今晚又回歸武打戲了。」光藏自言自語，轉頭看到遠處有個女人往他的攤子走去，於是趕快回去招呼客人。

「光藏法師您好，我是慕名而來的。」女客人開心的舉起手機晃了晃。

「歡迎歡迎，請問這位客人怎麼稱呼？」

「我啊！叫我『無業遊民』就可以了。」

「啊！怎麼會取這樣的名稱呢？」光藏有些驚訝，又很好奇。「我猜一定有什麼特殊的原因。」

「其實也沒什麼，就是我跟我老公早已財務自由了，我每天吃喝玩樂、遊山玩水，所以是真正的『無業遊民』。」女客人笑著說。

「哇！看你年紀輕輕就財務自由，真不簡單，那是多少人夢寐以求，卻難以達成的事啊！」光藏讚許的說，然後望著攤子，問她：「你看上了哪一個舊貨？」

「那個！」無業遊民往前一指。「那枚正正方方像大骰子的白玉印章，陽刻的字跡已經被印泥染紅，紅白相間，很漂亮又很特別，我太喜歡了，你在社群平臺上，說它叫做『白玉鳥蟲篆五面印』。」

光藏拉起印章上串的紅繩，交給她說：「客人你真有好眼光，這一枚五面印，既是印章，還可以當項鍊，除了串繩的這一面沒有刻字，其餘五面都用『鳥蟲篆』刻了短句。」

「我知道鳥蟲篆，」女客人盯著掌中的印章點頭，「漢字的演變從甲古文開始，歷經金文、篆書、隸書、楷書、草書、行書，其中篆書是金石篆刻家最愛用的字型，常用來刻在印章上。而這種鳥蟲篆，是故意把每一個筆畫都模擬成鳥或蟲的形狀，來增加華麗和趣味。」

「哇！你是行家，真不簡單。」光藏刮目相看。

「沒什麼啦！我平常沒事會去上一些鑑賞課，珠寶鑑定啦、名畫識別啦，還有房地產投資、印章篆刻……」無業遊民停頓了一下，把視覺焦點放回印章上的文字，然後讀起來：「這五面分別寫著是：看茶醉，聽花開，聞布柔，嚐琴鳴，撫香舞。這詩句故意把名詞和動詞交錯，營造出抽象的心流，讓人產生浪漫的幻想……」

「可惡啊！我早就知道是你搞的鬼，不給你說破，想不到你現在還敢亂來！」一句凶惡暴怒的言語突然從布袋戲棚傳來，打斷了光藏和女客人的對話。

光藏聽了好驚訝，這不正是布袋戲團長的聲音？難道他在罵他兒子嗎？光藏因錯愕而恍神，但很快的他注意到，空氣中沒有其他聲響——正在上演的《哪吒鬧東海》中途停止了。

剎那間，少年跳下戲棚快速奔逃，團長隨即尾隨跳下，追著要打他。

「怎麼了？」女客人也轉頭看過去。

那個少年跑了一會兒，看看四周，忽然不跑了，還蹲下來。團長一個箭步上前，舉起手臂朝他肩膀打了又打。

「不能虐待小孩！」無業遊民發揮正義感朝他們大叫，「不能打人！尤其他只是孩子！」

光藏也跟過去關心。「別打了，有話好好說。」

團長停下來，因為生氣而氣喘吁吁，滿臉通紅。他氣沖沖的說：「誰虐待誰？是我兒子在虐待我，今天我不給他一點顏色瞧瞧，明天就要爬到我頭上撒野了。昨天演到一半，錄音帶突然沒聲音，害得廟公跑來罵我，說我演出不專業，當時我就懷疑是我兒子搞的鬼。他之前向我討舊劇本去看，我不給他，要他專心讀書考試，他可能因為這樣而懷恨在心。但也可能是卡帶老舊故障，我就不計較了。結果今天，他竟然當著我的面，按下了錄音機的錄音鍵，不但讓戲棚突然失聲，還會洗掉卡帶裡面的聲音。我雖然衝過去取消了錄音，但是這捲錄音帶還是失去一大段的聲音，以後都不能用來演出了。你們說我能不生氣嗎？」

「是這樣嗎？」女客人疑惑的問少年。

「沒錯，我爸說的是真的，都是我的錯。」少年坦承認錯。

「那你還不趕快跟你爸道歉。」女客人又說。

「爸，對不起，我以後不會這樣了。」少年流下了眼淚。

團長瞬間鬆了口氣。光藏催促說：「你們快回去臺上演戲，你看廟公往這邊走了，快回去繼續演戲要緊。」

團長吞下一口氣。對兒子說：「你給我在這邊罰站！」然後轉身急忙跑上臺。不一會兒音響又傳出戲劇演出，小小舞臺上的戲偶又動起來了。

少年乖乖的站到路邊，卻是抬頭望著戲臺上的演出出神。

「哎呀！小孩子調皮惡作劇，也得看時間地點，爸爸在賺錢，怎麼可以亂鬧呢？」無業遊民搖頭，笑著責怪少年。

光藏也笑了笑，但感覺事情沒有那麼簡單，不過他沒多想，便和客人回到攤子前繼續交易。

「想必你已經準備好這枚印章的故事了。」光藏說。

「是的，我要用它講一個現代人『精緻窮』的故事。」

「哦？」光藏點點頭，眼睛專注的看著女客人的臉，興味盎然的洗耳恭聽。

◇ ◇ ◇

柳芙蓉是我在社交圈子見過幾次面的女人，她臉蛋圓潤，皮膚細白，五官精緻，一頭長而捲的淺褐秀髮，是很多男生會追求的偶像型美女。她穿著體面的名牌服飾，戴著高級碎鑽手錶，背名貴的包包，用的是蘋果最新款手機。幾次見她出席，都是搭著高級轎車前來，每次都是不同廠牌和款式的名車。

雖然見過幾次面，未曾深入聊過天，其實沒什麼好評論人家的，哪知道上個月我回家時，隔壁空了三個月的房間門半開著，外面放了一些行李箱、廉價木櫃、大棉被，顯然是有新租客要搬進來；我好奇的湊過去偷瞄一下，萬萬沒想到，竟然是我認識的人，柳芙蓉。

我一時驚訝得不知所措，趕緊偷偷的回我房間把門關起來，心裡卻嘀咕咕：天哪！我們這棟透天，每間都是沒有廁所的雅房，大約五坪而已，月租八千。那柳芙蓉不是千金大小姐，名媛閨秀嗎？怎麼會流落到我們「貧民窟」來？難道她家中突發變故？還是她骨子裡，根本就是跟我一樣的……

我尋思這樣躲著不是辦法，遲早會碰面，久了才相認反而尷尬，反正她進出都要經過我的門口，不如我就故意打開房門，讓她來認我，就這麼辦。

這法子不錯，大約半小時後，她從門口經過，眼角餘光往我這邊掃。我趕緊跳過去，故作驚訝的說：「啊！你、你好面熟，你……」

「喔！大姐，我是柳芙蓉。」她比我還驚訝，還有點畏縮。「你也住這裡啊。」

「太好了，我盼了三個月終於有新室友，而且還是認識的人，那更有伴了。」我客套的說：「可見我們很有緣。」

「以後麻煩大姐多多照顧了。」她也客套的回我。

「哪裡的話，大家互相。」

然後我熱情的帶她去看公共浴廁。「這一棟樓一共有六個房客，兩間浴廁，我們和另一位大姐共用三樓這間。晚上大家輪流洗澡，盡量不要超過十點，這邊隔音比較差，水聲嘩啦嘩啦的，會吵到其他人。房東先生人還不錯，一個星期會來打掃一次，收的租金不算太貴……哈！其實也不是很便宜。」接著我介紹附近的小吃店、超商和公車站牌，突然她看看手錶，慌張的說：「我得趕快去上班，快來不及了。」然後沒換下身上的短袖長褲和涼鞋就匆匆下樓，騎上一臺老機車走了。

當時是下午四點半，看來她上的是夜班，而她手腕上的錶，跟去年我送給小姪子的生日禮物同款，塑膠錶帶，一九九元的夜市廉價電子錶。她上的是什麼班？這時間夜店開張還早，衣著也不對，又近晚餐時間，我猜大概是連鎖餐飲之類的公司。果然，當她半夜一點回來，遇到出來上廁所的我，便說了在速食店廚房打工的事，我猜她確實跟我是一樣的人。

我們是什麼樣的人？其實我們這種人很多，月薪不高，卻想要過光鮮的日子，只好打腫臉充胖子，花掉每個月的薪水還不夠，還分期付款或信用貸款，花高價買名牌衣服、包包、高級化妝品和香水，然後吃泡麵、吐司、超商即期的六五折便當來度日。我也知道那是虛榮，愛面子怕丟臉，活在別人的眼光裡，掙扎過小日子，人們口中的「精緻窮」。唉！沒辦法，我們就是這樣。

漸漸的，她會跟我談心，說她每天被銀行追債，活得很辛苦。對比她在社交場合的光豔優雅，想必內外平衡也需要一番調整。我知道那亮麗的外在還有施放釣餌找對象的作用，不過她也坦承，交往的男朋友一旦知道她的經濟狀況，通常很快就會冷冷的失聯。

有一天，恰巧我倆都放假，我興沖沖的邀她來場「家庭下午茶」。哈！其實就是在公共客廳吃點心，喝飲料聊天。我們說好各自準備東西，然後交換分享。為了張羅這場茶會，我在客廳忙了老半天，又是泡茶，又是用烤箱做小蛋糕，弄得滿屋子香氣。約好的下午三點一到，她從樓下衝上來，手裡提著一個塑膠袋，然後從裡面拿出一罐可樂和一包洋芋片。

我驚訝的差點脫口而出：「好歹你也參加過不少社交場合，吃過精緻蛋糕，喝過高級咖啡，怎麼難得放假喝下午茶，稍微悠閒一下享受人生，你竟然拿來化學飲料和垃圾食品？嚴重破壞氣氛！」但我緊急閉嘴，沒讓那些傷人的話跳出來。這時我才知道，我的「精緻窮」跟她不同。

日常三餐之外，我以「宋人四藝」——點香、品茗、插花、掛畫——來涵養自己。為了省錢，我學網路影片，收集荔枝殼烘乾磨粉做成香，點燃之後，白煙中透出荔枝的香甜味，讓人懷想美麗的楊貴妃。茶葉太貴，我從公司拿走公共茶包回家泡，兩包一起沖茶味就很充足。市場上的切花更是不便宜，我只得捨花兒就綠葉，在小盆裡自己悶豆芽，營造一小方綠意。掛畫可簡單了，有很多網路教學，只要照著做，十分鐘就能畫出不錯的美圖，讓自己很有成就感的開心半天。

我不只崇尚外在的高級用品，我還追求精神上「美」的薰陶。

我們真的不同。

芙蓉因晚歸，怕吵到其他人，必須先睡覺，等到白天醒來才洗澡。但後來她受不了一身油膩上床，半夜偷偷洗澡，雖然放輕手腳，水聲還是吵了整棟樓。大家看我跟她熟，要我去勸告，還有人抗議她掉下來的長髮，沒有清理常常塞住排水孔，要她改進。這些我都跟她說了，她一臉為難，剛開始配合了幾天，後來還是我行我素。

半年後，臺中市新社區舉辦「花海節——聽花開的聲音」活動。我前往參觀，回頭想想那句「聽花開」，刻意錯置動詞和名詞，很有創意，因而得到啟發，如法炮製想出了另外四句。回到市區後，我到太原跳蚤市場挑了一塊正方體的白玉，請篆刻師傅刻成一個五面印。

第一面當然刻「聽花開」，第二面有關品茶，本應是舌頭嚐茶味，我改成「看茶醉」。第三面是撫摸柔軟的花布，我改成「聞布柔」。第四面是用耳朵聽人彈琴，我改成「嚐琴鳴」。第五面是用鼻子聞檀香，我改成「撫香舞」。

由於五官和花、茶、布、琴、香的連結完全錯置，阻斷了身體用理性去相互串連，因而只能用幻想來達成交錯衍生的虛構美感。這可比那「宋人四藝」的境界更高超，只花一點點錢，卻能享受精緻的精神生活。

然而芙蓉的情況更糟了，有一天她來向我借錢，房租不夠需要借四千，說等下個月發薪水就會還我。我老實跟她說，我也沒錢，同樣是個「月光族」，只能請她另外想辦法。

沒想到那時房東先生突然出現，嚴厲的對她說：「柳小姐，請你馬上、立刻、現在就補齊房租，否則明天就搬走。這已經是你第五次拖欠房租，這次欠了快一個月，我沒辦法再容忍了。」她冷不防「撲通」一聲雙膝下跪，苦苦哀求：「拜託，拜託！請再給我一星期，我一定把錢補齊。」

這舉動可嚇壞我了，房東先生可能也是第一次見到，表情略為和緩，說：「好，給你一週，到時沒繳齊，你月底就得搬走，如果不搬，我一定找警察來趕人。」

房東走後，她抿著嘴落寞的回自己房間。我驚魂未定，回想她剛才毫不猶豫的下跪，那麼熟練的姿態和口氣，想必不是第一次懇求通融了。

三天後，芙蓉就搬走了，我們也失去聯絡。

沒想到，這時我的好事發生，那位篆刻師被我這五面印的創意所吸引，在取貨時跟我攀談。我們越聊越開心，漸漸的情投意合，他熱烈追求我，我也十分欣賞他，後來便答應了他的求婚。

誰知嫁入他家之後，我才知道原來他不是普通的篆刻師，而是來自腰纏萬貫的古董收藏家族，也就是人們說的豪門世家。不只如此，他名下有八棟房產在出租，還善於經營股票和債券，年收千萬。他只是鍾愛篆刻，當成興趣在玩。

不知我前世燒了什麼好香，今生今世竟然能擺脫「精緻窮」的生活，從此跟我老公過著幸福快樂的日子。

✥ ✥ ✥

「故事說完了。」無業遊民笑著說。

「說得太好了，這枚印章屬於你了。」光藏開心的說。

「太棒了！」女客人迫不及待的把紅繩套進脖子，白玉鳥蟲篆五面印瞬間變成了一條精緻的項鍊，她還把印章捧在掌心欣賞，簡直愛不釋手。

「這個故事的靈感是怎麼來的？」光藏好奇的問。

「其實那是我的親身經歷。」女客人微笑回答。

「這麼說來，只有這枚五面印的情節是虛構的。」

「沒錯。」

「你說出了三種不同層次的『精緻窮』，很有意義。」光藏讚許她。

「有嗎？」女客人有點驚訝。

「有啊！第一種就是典型的打腫臉充胖子；第二種是靠『宋人四藝』享受精神生活；第三種是用抽象的幻想虛構美感，自得其樂。這三種人都經濟困窘，但內心的憂喜缺足卻不一樣。」光藏分析。

「師父，你的邏輯思考力和解構分析力真厲害。聽你這麼說，我才知道剛才說了一個這麼有層次的故事。」

「不過，這個五面印，其實是隱含玄機的，跟你剛才那種浪漫遐想的意圖，完全不相干。」

「願聞其詳。」

「依我所悟，這五面文字跟《心經》所闡述『無眼耳鼻舌身意，無色聲香味觸法』的真義有關。這五面分別寫出眼、耳、鼻、舌、身，卻缺了『意』，相對應的寫出了色、聲、香、味、觸，卻沒有『法』。其實暗示著『無意無法』，也就是在提醒世人：人心被五官和五色迷亂，而致失去智識，也失去法度規則。」

「原來有這麼深的含義。」女客人驚喜的說。

光藏不禁發問：「你現在過著財務富足和時間自由的生活，真的感到幸福快樂嗎？」

她想了一會兒，便吐出一口氣，彷彿卸下心防，侃侃的吐露真情：

「以前常聽人說嫁入豪門當媳婦，是不簡單的事。我現在才體會到，他們家有許多規矩，更有許多限制，五年多了，我到現在還在慢慢調適中。還有，我們必須不斷學習如何花錢來享受人生，像是收藏珠寶、品好酒、開豪車、住豪宅，對食衣住行樣樣講究。剛開始，我感到很新奇很有趣，可是這種生活過久了，身體疲勞，心也空了，需要尋找另一種高尚的品味來消費，填補那份空虛。」

「什麼樣的消費？」

「例如環遊世界、追求年分更久的名酒、買遊艇和私人飛機……好帶來新鮮的刺激，進而得到滿足。可是我感覺這種滿足一段時間後就會消失，我們只好汲汲營營的再去找下一個來替代，而過程中我發現『空虛』會不斷爬上我的心頭，這是我以前忙著賺錢時沒有過的感覺。」

「這就是佛家所說的，求不得的痛苦。你不覺得這也是種『精緻窮』

嗎？」光藏問，「過著高級的物質生活，但心靈依然空乏窮困，需要不停填充。」

「啊！我從沒想過這一層。」女客人說，「難怪我老覺得悶悶的，高興不起來，明明沒有跟老公吵架，但心情憂鬱，甚至常常早晨一覺醒來，猶豫要不要起床，因為我不知道為什麼要起床。」

「一般人為五斗米折腰，以工作賺錢為目標，目標明確又能實踐，因此較少產生『活著要做什麼？』的茫然感。而像你已不必工作，有無盡的財富可享用，但缺少生活目標和生存意義，久而久之便容易憂鬱。」

「那我該怎麼辦？」她苦惱的說。

「每個人都有三個核心的人生問題要解答：一、我從哪裡來到人世間？二、我來的目的為何？三、我死後會到哪裡去？」

「答案呢？」

「世間每個人都從心靈的原鄉而來，學習自己所設定的課題，讓心靈獲得成長，死後回到心靈的原鄉，檢討反省，訂定下一次來人間要學習的新課題。」

「學習哪些課題呢？」

「通常從容易的開始：關懷、忍讓、原諒、包容……進而慢慢放下自我，再往上學困難的。」光藏緩緩道來，「而學習的最終目標是『無私的付出』，也就是大愛精神，那是聖人和神佛的境界。」

「我常聽人說，這世間太苦了，不要再來了，人間的一切都是虛空的，不要執著。可是聽你說，卻是要不斷來這樣的人間學習，到底哪一種說法才是對的？」

「一切有為法，如夢幻泡影。那些地位、財富、角色，跟別人的關係例如親子、朋友、同事……這些都是假的，虛空的，有如大家在合演一場戲。但是在這些關係中會產生痛苦，這痛苦就是學習的課題，而這些課題是真的，心靈成長也是真的。」光藏笑著說，「這就是所謂的『借假修真』的真義。」

「喔！」她睜大眼睛，若有所悟。

「人間就是讓人學習的教室，讓人修行的道場，你說，這樣的人間，要不要來呢？」

「要來，還要多來幾次。」她點頭，笑著說。

光藏又提醒：「哈！有學到才是重點。世人總是抱怨痛苦，不知要發覺課題，也不知要學習。」

「我的課題是什麼呢？」

「很簡單，讓你感到最痛苦的事就是了。」

「以前我為缺錢煩惱，現在有錢仍憂愁，我跟夫家親友相處也有種種不合很是痛苦，是否這些都是我來人世前，就已為自己設定的課題？」

「是的。」光藏堅定的點頭。

「我懂了，如果我能好好的去省思，從裡面學習成長，然後放下自己去為別人付出，那就是真的修行。對不對？」

「完全正確，你好有慧根。」

「太好了！師父，你解答了我多年來的困惑，我現在好像都通了。」

「我成立了『瞎掰舊貨宗』，發願為舊貨編撰故事來度化眾生，便是希望提醒大家思考自己的人生課題，並且從故事中得到心靈成長的啟發。」

無業遊民茅塞頓開，十分喜悅。

光藏接著說：「誠摯的邀請你加入我的宗派。」

「哎呀！不行啊！」女客人苦笑搖頭。「雖然我喜歡這樣的人生觀，但是我老早就已經信奉另一個宗教了，不能加入你的宗派。不過我很樂意把這觀念分享給我的親朋好友。」

「太感謝你了。」光藏很開心。

女客人歡欣的帶著白玉鳥蟲篆五面印離開。

沒多久，光藏發現戲臺那個少年竟然出現在攤子前，盯著舊貨看。

他指著招牌上的公告，問光藏：「真的可以用故事換舊貨嗎？」

「當然是真的，已經有幾個人換過了。」

「我有故事，我要換那一個布袋戲偶。」

「哦？你們家不是已經有很多布袋戲偶了嗎？」

「是啊！不過那些都不是我的。」少年堅定的說，「我想要有自己的戲偶。」

第六話

哈買兩齒布袋戲偶

「你說的是這尊布袋戲偶嗎？」光藏指著攤子上唯一的戲偶。

「是的，就是這尊哈買兩齒。」少年肯定的點頭。「別看他頭大大的，嘴上有兩顆暴出的大門牙，他可是非常受歡迎的人物喔。他講話時會小小的口吃，然後有明顯的口頭禪，像這樣：『哈買、哈買，哈買我是兩齒仔，人家都叫我哈買兩齒。』」

「你過來。我昨天看過你演出，你演得很好。」光藏拿起戲偶遞給少年，示意他表演一下。

「我來演他耍小丑的樣子。」少年眉飛色舞的把手伸進戲偶中，左搖右晃的玩弄起來。只見戲偶東倒西歪的，少年一邊擠眉弄眼的用閩南語說：「哈買、哈買，酒啊！酒啊！酒酒酒！酒是米共麴，飲落去目睭使三角。哈買、哈買，有人跋向西，有人跋向東。哈買、哈買，無人會跋落礐唎——跋落礐唎——」

「哈哈哈！」光藏被逗得放聲大笑。「看起來很好玩，他好像喝醉酒了，可是我聽不懂他在說什麼，拜託解釋一下。」

「好啊！我來翻譯。他說：酒啊酒，酒是米和麴釀成的，喝下去之後醉了，眼睛會瞇成三角形，然後身體就會搖搖晃晃的不受控制，有的人會倒向西邊，有人倒向東邊，但是從來沒有人會醉得掉進糞坑。哈！」

「喔，原來那個『礐』是糞坑的閩南語。你說，沒有人掉進糞坑……」

光藏回味整句的意思，然後恍然大悟的說：「啊！原來東倒西歪都是借酒裝瘋而已，有意思！有意思！你好厲害，小小年紀竟然就演得這麼好。」
「哈！這是我阿公教我的。」少年驕傲的說。
「我只看到你和你爸，你的阿公呢？」
「他已經過世了。」少年轉為落寞。
「原來如此，你叫什麼名字？」
「鄭子宏，大家都叫我阿宏。」
「阿宏，請問你要說的故事，也是〈醉酒的小丑〉嗎？」
「不是，我要說的故事是〈自由小兵〉。」
「哇！好像很好聽，我真好奇。」光藏指著阿宏手上的戲偶，興致高昂的問：「那個『自由小兵』，是他嗎？」
「沒錯，」阿宏又擠眉弄眼。「哈買、哈買！哈買兩齒的自由小兵。」

◇ ◇ ◇

從前有一個魔法布袋戲團，戲偶可以自主行動和說話，但是大家都被邪惡的團長操控著，配合錄音帶中播放劇本的聲音，團長手動一下，他們才動一下。久而久之，這些戲偶都不敢亂動，也懶得自己動了。

團長靠戲團演出來賺錢，很怕戲偶逃跑，因此養了貓狗嚴格看管。戲偶們早已失去逃走的勇氣，一直待在戲團裡，任憑團長為所欲為。

平常人沒辦法發現這個真相，除非有人目不轉睛的盯著那些躺平的戲偶，超過二十分鐘，才能發覺戲偶的眼睛會微微的轉動，戲偶的胸口有微微的起伏。又如果有人願意更用心的去聆聽戲偶的聲音，便會發現戲偶嘴邊發出微微的說話聲，那可是戲偶打從心底發出的心聲。

星光燦爛的夏夜裡，恩主公廟的廟埕上，這個布袋戲團正熱熱鬧鬧的演出《狸貓換太子》的戲碼。

戲臺上身穿龍袍的皇上，指著跪在前方的宮女大叫：「大膽！來人哪！」

「有！」一個身穿藍布衣裳，哈買兩齒的小士兵衝出臺前。

「將她拖出去關進大牢。」皇上下令。

「哈買、哈買！遵命。」小兵說完，拖著宮女下臺去了。

小兵回到後臺，「咕嚕」一下被扔回大布袋上。

「沒我的戲了，休息嘍！」小兵把兩手環抱成枕頭，墊在腦袋瓜下，自言自語：「唉！哈買、哈買！每天困在這個戲班裡，真是無聊得要命。」

突然一雙黑眼珠子出現在後臺邊上，偷偷的朝裡頭瞧了又瞧。這雙眼睛已經緊盯著小兵好一陣子了，從臺前到臺後，足足有二十多分鐘。

小兵一看，是一個暴牙的小男孩。

「哈買、哈買！又是一個好奇的小鬼，演戲嘛！好看的在前臺，後臺躺著的是一堆沒有魂魄的戲偶，哈買、哈買！有什麼好看的？哼！」小兵覺得有一些生氣，要不是主人的大黃狗和小黑貓在臺下看得緊，他早就溜下去玩了，哪裡會留在後臺，像是標本一樣的讓人看來看去。

「戲偶竟然會自己講話！」小男孩驚喜不已，繼續專注的看著小兵，完全捨不得離開。

終於演完今天的部分了，主人把戲偶全部塞進戲籠裡，跑去吃宵夜，小男孩看不到戲偶才依依不捨的回家。

戲偶們演了一整晚的戲，不一會兒就睡著了，打呼聲此起彼落，只有小兵精神好，被打呼聲一吵，加上天氣炎熱，沒有半點睡意。

「我要飛上青天，上青天……」全身被同伴們擠得不能動，他乾脆哼起歌來解悶。歌聲吵醒了演皇上的戲偶，他對著小兵說：「大膽小兵，竟敢吵我睡覺，不怕被我關進大牢嗎？」

「哈哈哈！」小兵忍不住大笑，說：「哈買、哈買！你該不會真的以為自己是皇帝吧！」

皇上非常生氣，又對他大吼：「你敢不聽我的命令？」

「唉！」小兵緩緩的說：「你跟我一樣，都只是被主人操縱的傀儡罷了，哈買、哈買！皇上？那是在臺上，下了臺，大家都是平等的，哈買、哈買！誰也管不了我。」

幾個演大臣的也醒來，聽小兵大聲用這樣的態度對皇上說話，紛紛罵小兵。

「瘋了瘋了，你們都瘋了！哈買、哈買！我受夠了，我再也不要當一個傀儡，每天跟你們這一群瘋子擠在一起，哈買、哈買！我要離開戲臺，過我自己的生活……」小兵越說越氣，最後氣到說不出話。

黑暗的戲籠裡終於恢復了寧靜。

第二天晚上，臺上接續昨日的段落繼續演戲，小兵躺在後臺的大布袋上，等待登場。「可惡！」小兵知道，皇上到了臺前照樣耀武揚威，下戲後依然會慫恿大家一起來罵他，他又氣又急，不知該如何才好。

「咚、咚、鏘！」鑼鼓點敲落，臺前的皇上大聲呼喚：「來人哪！」

「有！」團長的手伸進小兵的身體裡，小兵大喝一聲，邁步向前。

眼看著就要跨上臺了，就在最後一步，他改變主意，把身子一轉，彎下腰來，掙脫了主人，準備往下跳。皇上看見了，趕緊拉住他的褲腳。他扯開皇上的手臂，卻又被他跳起來抱住。

「哎呀！」結果兩個戲偶重心不穩，紛紛跌落到戲臺底下。

「哇！」皇上的額頭先著地，碰破一個大洞，雙手摀著傷口痛哭。

小兵屁股著地，沒有受傷，趕快爬起來往前跑。

戲臺底下趴著的大黃狗聞到戲偶的氣味，立刻起身查探。「逃兵！抓住他，有逃兵啊！」皇上大聲喊叫。大黃狗聽了便追上去。

團長也發現了，但是戲還在演，戲臺上不能沒有角色，他只得趕緊撿起皇上，再隨便拿個戲偶充數，接上戲文。

小兵用盡力氣向恩主公廟衝去，眼看著就要被大黃狗追上了，他一急，跳上廟門前的龍柱，朝上面攀爬。

大黃狗爬不上來，在龍柱下面繞了三圈，就跑回戲臺底下，找來小黑貓幫忙。小黑貓身手靈敏，兩三步就躍上龍柱。

「哎呀！糟糕！」小兵慘叫一聲，急急爬上屋頂。

屋頂上堆滿了裝飾用的交趾燒陶偶，和用彩色玻璃、瓷片拼貼而成的剪黏。小兵想找個地方躲起來，卻又不知藏在哪裡好。

忽然，他看到一組交趾燒，一張大方桌後面坐著一個黑臉人，前面一個人正在磕頭喊冤，小兵露出笑容說：「哈買、哈買！這不正是『包公審案』嗎？太好了。」於是，他插進官兵的隊伍裡，假扮成其中的一員。

小兵屏住呼吸，心頭卻怦怦亂撞。小黑貓繞著交趾燒，看了又看，聞了又聞。牠轉了個圈，找不到戲偶，就跳到金爐上面去找，不一會兒，消失了蹤影。「呼！」小兵鬆了一口氣，悄悄的往下爬。他灰頭土臉的跑出恩主公廟，在後街上狂奔，一不小心，被一顆石頭絆倒了。

「哎喲！我的腳……」他打了個滾，發現左腳摔斷了。

「嘻嘻！終於找到了。」

忽然從背後傳來這句話，小兵大吃一驚，他想逃，卻一點兒力氣也沒有。「可惡！就差一點點，哼！不管是小黑貓，大黃狗，要殺要剮隨便你們了。」他緊閉雙眼，等候命運的安排。

小兵被高高的舉起，出乎意料的，卻落在一個小手掌上。

「昨晚，奶奶帶我來廟埕看戲，我就注意到你了，跟我一樣暴牙，嘻嘻！好可愛喔！今天，從你跳下戲臺開始，我就一直跟著，誰知你和黑貓爬上了屋頂，就不見人影了，現在，終於找到你了吧！」

小兵回頭一看，說這話的不是大黃狗，也不是小黑貓，而是昨天晚上，躲在後臺偷看的那個暴牙小男孩。

「怪了！這個男生竟然一直注意我，而且還跟蹤我，他到底要做什麼？」小兵心裡感到慌張。

「唉！怎麼會傷成這樣呢？好可憐喔！跟我回村子去，我幫你修補。」

小男孩又說：「我叫做阿彬，最喜歡看布袋戲了，今天奶奶不肯帶我來，我還偷偷溜來看呢！」

阿彬對小兵很和善，回家後他拿剩下的布，幫小兵做了一隻新的腳。

「我有好多玩具，可惜你太小了，不能玩。讓我來幫你打造屬於你的玩具吧！」阿彬又幫小兵削竹刀、竹劍、竹槍、竹棍，還撿了一個沒蓋子的餅乾盒給小兵當家。

隔天阿彬上學去，小兵自己玩玩刀槍，練練武功，想像自己是大將軍和大元帥，一點兒也不會感到無聊。

「喔！哈買、哈買！自由真好，以前，團長主人動一下，我才能動一下，主人說一句，我才能說一句。哈買、哈買！沒有自由，一點快樂也沒有，現在的生活自由自在，簡直就像在天堂。哈買、哈買！而我以前的同伴們，仍生活在地獄中，哈買、哈買！卻還不知自己有多可憐，唉……」

那天晚上睡覺前，小兵跪在餅乾盒裡，對著月光祈禱。「親愛的恩主公，哈買、哈買！請您保佑戲團的同伴們早一天脫離苦海。哈買、哈買！還有，阿彬對我那麼好，把我當成最好的朋友，哈買、哈買！也請您保佑他全家健康快樂。」

這時，躺在床上還沒睡著的阿彬，聽到了這些話。他驚喜的起床，來到小兵面前，高興的對小兵說：「謝謝你的祝福，你也是我最好的朋友。」

從此兩人時常一起聊天，高興時還會拿小刀槍互相比劃招式。

一轉眼，小兵住到阿彬家已經有三個月了。

中秋節這一天正好是村子裡的土地公生日，村民們為了感謝土地公一年來保佑鄉里的辛勞，一起出錢請了一個布袋戲團來土地公廟前演出。

阿彬抱著小兵擠到最前面去。看看紅紙，今天演的戲碼是《狸貓換太子》，小兵愣了一下，心想：「難道是……」

「走，我們去看仔細。」阿彬帶小兵去察看戲臺，感覺十分眼熟，繞了一圈之後，對小兵說：「好像是你以前那個戲團喔！」

小兵低頭一看，大黃狗和小黑貓正在戲臺下，認真的來回巡邏，他趕緊把脖子一縮，拉起布巾蒙住頭，叫了一聲：「媽呀！」

阿彬拍拍胸膛說：「別怕！有我在這裡保護你，沒人能對你怎麼樣。」

小兵聽了才放心的伸出頭來。

戲臺上，身穿龍袍的皇上大搖大擺走出場，宮女隨後被叫了上去。

小兵壯起膽子對臺上叫喚：「喂、喂！皇上，喂！」皇上聽到聲音，往臺下看了一下，又繼續演戲。「咦！」小兵看清了皇上的臉，疑惑的說：「奇怪，這不是原來的皇上啊！」

「大膽！來人哪！」皇上大喝一聲。

「哈買、哈買！奇怪，以前那個皇上跑哪兒去了？」小兵仍想不通，自言自語。

「有！」後臺傳來一句回應，一個藍布衣裳的士兵，低著頭走出臺前。

小兵看了，興奮的說：「哈買、哈買！有人接替我的角色了，哈買、哈買！是誰呀？真有趣。」

「將她拖出去關進大牢。」皇上下令。

「遵命。」士兵說完，緩緩的抬起頭來。

小兵看到那士兵愁眉苦臉的，額頭上還破了一個大洞。

「啊！哈買、哈買！那個洞……那、那不就是以前的皇上嗎？」小兵瞪大眼睛，不敢相信。「哈買、哈買！怎麼會這樣呢？」

原來他的額頭破洞後變得難看了，不能再當皇上，正好由他來補小兵的空缺。那個新士兵的臉上除了有破洞，還有兩道明顯的淚痕。

忽然，空氣中吹來一陣冷颼颼的強風，小兵和阿彬都縮起脖子，拉緊衣領。

抬頭望著清清冷冷的夜空，北極星正孤單的閃著寒光，小兵忍不住嘆了一口氣說：「唉！哈買、哈買！待會演完戲，哈買、哈買，他們不知又要流浪到哪裡去？」

「這故事講得太好了，有句話說『生命誠可貴，愛情價更高，若為自由故，兩者皆可拋。』可見自由是多麼的珍貴。」光藏讚嘆。

「是啊！如果能夠自由自在的，想學什麼就學什麼，那該有多好。」阿宏感嘆的說。

「你還變聲給不同角色配音，太厲害了。這個戲偶就送給你了。」光藏大方的說。

「謝謝，萬歲！」阿宏把戲偶往空中一拋，緊接著把右手一舉，戲偶從空中落下，不偏不倚的套進他的手中。

「你為什麼要調皮搗蛋，故意中斷你爸爸的演出？」光藏關心的問。

「你可以告訴我原因嗎？」

「好，我告訴你。我爸是布袋戲的演師，接下了我阿公創辦的『復興閣』，可是自從我阿公過世後，我爸就開始偷懶，不用自己的人聲演出劇目，而是一次又一次播放阿公生前錄製的錄音帶，然後手拿戲偶一一過場，這樣下去阿公傳下來的技藝不是會失傳嗎？」

「啊！我想起來了。」光藏回想著說：「昨天晚上的演出中斷後，我看見你接著演下去，難道也是你故意的嗎？」

「沒錯！連續兩天都是我故意中斷演出，而且今天那份錄音帶還是我故意把一小段洗掉的。就是因為這樣，我爸才會氣得動手打我。」

「你不希望他播放錄音帶，可以好好跟他講，不需要中斷他的演出啊！」

「我講過很多次了，我爸就是不肯，說別浪費體力，其他布袋戲班也都是這樣做，廟方和出資的善男信女也都不計較。」阿宏難過的說，「甚至，我想自己演出，我爸也不願意，叫我別學布袋戲，要好好讀書，將來當醫生、律師、會計師什麼的。」

「聽起來，你似乎有心想要傳承你阿公的技藝。」

「那當然，我的阿公生前非常有名，他說以前臺下滿滿的都是看戲的人，哪像現在都沒什麼人要看。阿公的名聲響亮，臺大的人類學教授曾經好幾次邀請他到臺北演出，還向政府申請補助經費，讓阿公到外國表演，發揚國粹呢！」

「那真的很了不起。」光藏誇讚，然後問：「你昨天演的那齣戲，雖然沒有配樂，只有口白，不過演得非常好。」

「那齣戲叫做《功名歸掌上》，是我阿公創作的劇本喔！」阿宏光榮的說著。「今天這齣《哪吒鬧東海》是傳統劇目。其實我今天中斷演出並不是早有預謀，只是我聽著阿公演出的聲音，想起我爸的聲音也很好聽，沒有用來演出實在很可惜，才會故意按掉錄音帶，希望我爸像我昨晚一樣接下去演出。哈！那只是我一廂情願的想法啦，結果惹怒了他。」

「我看你本來跑在前面，你爸在後面追著要打你，你明明可以跑走的，為什麼後來要蹲下來乖乖挨打呢？」

「唉！我從小聽我阿公說，戲棚下有好多觀眾，像是追逐明星一樣的看著布袋戲演出，但我剛才跳下戲棚在廟埕上跑，忽然發現沒人啊！戲棚下根本沒什麼人在看戲啊！那我的堅持有什麼意義呢？或許我對我爸做的事不對！他才是對的，既然沒人看戲，何必要聲嘶力竭的說演呢？就讓錄音帶幫忙演出就好了，反正也沒人要看啊！呵呵！」阿宏苦笑兩聲。

「嗯，不只布袋戲，歌仔戲、傀儡戲和皮影戲也是，都無法跟現代的影視文化、娛樂事業競爭，這幾乎是所有傳統戲曲面臨的困境。」光藏感慨的說，「啊！我本來以為只是青少年叛逆，故意惡作劇，沒想到是有這麼深層的原因。」

「其實我也不是不讀書，也不是要接棒這個戲班，而是覺得阿公精湛的技藝沒人傳承，放著看它消失，很捨不得。」

「你也不需太傷感，人類的歷史文化長河中，有多少文化資產消失了？其實非常多。如果沒有文字或影像紀錄，後人也不知道曾經失去了什麼。與其傷心那些失去的美好，哀嘆那些面臨消失的文化，不如看看這些舊貨吧！」

「這些舊貨怎麼了嗎？」

「它們都曾經被人使用過，擁有過自己的故事，可是在我的舊貨攤中，大家會給予它們新的故事，新的意義，就像你剛才講的〈自由小兵〉那樣，給了哈買兩齒自由鬥士的身分，鼓勵人們爭取自由。」

「喔！想不到我做了一件有意義的事。」

「你來看，這是我創立的『瞎掰舊貨攤』粉絲專頁，裡面記錄好多舊貨的照片和它們的新故事，都是用來幫助人們療癒心靈的。」光藏把手機拿給阿宏看。「請你也允許我，把這則〈自由小兵〉故事放到上面去，可以嗎？」

「沒問題。」阿宏拿過手機，認真的滑動，瀏覽起來。

光藏在一旁等候。

「〈迷你瓦斯爐〉，這故事真好玩……〈檜木櫻花扇〉，好美的扇子……」阿宏看著螢幕上的文字，不禁走到屋簷下蹲下，認真的閱讀起來。「〈兩顆子彈〉，這個故事有意思……〈理髮手推剪〉，這東西我沒看過……」

這一老一少就在布袋戲演出的聲音中，映照著專屬於他們的路燈，用文字進行心靈的交流。

光藏心想，這個阿宏很有薪傳的精神，而且故事也編得很好，於是等他看完了，便收回手機誠懇的說：「我創辦了一個宗派，叫做『瞎掰舊貨宗』，希望為舊貨編撰故事，幫助大家解除煩惱，進而度化眾生。你願不願意加入這個宗派呢？」

「喔！我覺得不錯。」阿宏高興的說，「不過得要我爸答應才行，畢竟我現在還不是『自由小兵』。」

「是什麼事情需要我答應？」一個宏亮的聲音忽然從阿宏背後傳出，還責怪的說：「叫你罰站，怎麼跑來跟人家聊天？」

光藏抬頭一看，是布袋戲團的團長，阿宏的爸爸。他剛剛結束演出，走過來看阿宏在做什麼。原來那戲臺上的聲音早已結束，但他倆太專注交談，並沒留意到。

阿宏一五一十的把剛才的事講給爸爸聽。

「我看這孩子很有說故事的天分，希望收他當徒弟，不知你同意嗎？」光藏對阿宏的爸爸說。

「你要讓他當小和尚嗎？」爸爸疑慮的說。

「不是，你別誤會，我是想培養他成為編撰故事的高手，來共同度化眾生。」光藏連忙解釋。

「這個嘛……」爸爸手扶下巴，皺起眉頭。

「沒關係，你慢慢考慮。先不說度化眾生，」光藏開始轉移話題，對阿宏父親說：「你是布袋戲的專家，我也很喜歡看布袋戲，有一些問題，能不能請教你？」

「可以啊！」

「雖說功名歸掌上，但以我看戲的感覺，這口說的部分比操弄布偶重要千百倍。」

「沒錯，雖說一口道盡千古事，十指弄成百萬兵，但其實，千斤道白四兩技，口語的說演才是布袋戲的靈魂。聽起來，師父你是看戲的內行人。」阿宏的父親又說，「其實還有比演出更強的，像我爸爸，生前還很會寫劇本。」

「這麼看來，說演比操偶重要，而創作劇本比說演更難得？」

「沒錯！這點在影集和電影更明顯了，別看演員臺前風光，導演享盡威名，如果沒有劇本，他們都無法存在。」

「故事是一切演出的根源。」光藏懇切的說，「你的孩子有說故事的天分，值得栽培。」

「喔，」阿宏的爸爸想了一會兒。「只要他願意，有師父幫我教導他，那我是求之不得。」

「哈！那太好了。」光藏欣喜萬分，不禁鼓掌起來。

「過來，給師父磕頭，像我們以前拜師學藝那樣。」爸爸下令。

「那倒不必，鞠個躬就好了。」光藏客氣的說。

阿宏恭敬的向光藏鞠躬，光藏也同樣回禮。

「我終於有第一個入宗的弟子了。」光藏開心的說，「對了！你們住在哪裡？」

「我們是在地臺中人。」爸爸說。

「那們我們約定好，明天開始，等阿宏做完功課吃完晚餐，就來這裡幫忙顧攤。」

「沒問題。」阿宏歡喜的說。

那一晚，阿宏父子離去後，光藏又有了新的決定。

第七話
銅錫合金湯婆子

由於阿宏的加入，光藏把恩主公廟前擺攤的時間，從預計的一星期改為一個月。他想先用一個月觀察阿宏是否為可造之才。如果阿宏能堅持下去，等下個月開始換地點，可以開車去他家載他，一起去新地點擺攤。

阿宏開始幫忙把舊貨搬上搬下的，他對於這些東西都有興趣，也很好奇，尤其有些東西從沒見過，更不知道用途。「這是什麼？」他指著一個水壺狀、一邊有個小喇叭的東西問。

「這叫電土燈，以前的照明設備。在裡面放電土，也就是碳化鈣，加水後會產生可以燃燒的氣體乙炔。乙炔從喇叭狀的中心點噴出來，然後點火燃燒，就能取代蠟燭。」光藏拿起電土燈比劃著解釋，然後指著旁邊的舊貨說：「效果比那個大燈籠強百倍。」

「哦？以前家家戶戶都會用嗎？」

「不，這在沒有電燈的年代並不便宜，通常只用在礦工挖礦、獵人夜間打獵，還有夜晚的祭典場合，對了！還記得〈檜木櫻花扇〉那篇，阿里山上工寮的康樂晚會嗎？」

「我記得，可憐的樹靈幻化成美麗的日本藝伎來復仇。」阿宏興奮的說。

「參加晚會的人都從家裡帶電土燈去，給舞臺照明。」

「哈！好有趣。」阿宏聽得津津有味，想像那個畫面。然後他拿起一張長長的東西，好奇的問：「這條皮腰帶好奇怪，比一般的寬很多，長度卻不到一半，有人的腰這麼細嗎？」

「這不是腰帶，是牛皮蕩刀布，以前用來磨刮鬍刀的工具。」光藏又比手劃腳的示範。「以前的刮鬍刀，刀面連同手把有二十公分左右，刮鬍子前拿刮鬍刀在這蕩刀布上快速刷幾下，就能恢復鋒利……」

「啊！我想起來了，〈理髮手推剪〉裡面的兩個學徒，阿娥比玉蘭更早學會給客人刮鬍子、修面，是不是會用到這個？」

「沒錯。你好聰明，能舉一反三又過目不忘，太好了。」光藏很高興。

「那是因為這些舊貨的故事都太好看了。」阿宏說著，又指一旁的舊貨問：「我在廟會看見人家敲鑼打鼓，鼓通常好大一個，鼓面比大水缸廣，高度比我的腰還高；但這個鼓的鼓面只有臉盆大，高度只到膝蓋，這又是做什麼用的？」

「這是中鼓，一樣可以在廟會表演使用，只是聲音沒大鼓那麼宏亮。」

光藏說明，「對了，每年龍舟比賽時，總要有個人坐在龍頭後面打鼓，幫助大家統一節奏，就是用這種鼓。」

「原來如此，所有的舊貨就屬這個鼓最重，搬起來最花力氣。」阿宏想起一個東西，連忙左尋右找，然後指著一件非常奇怪的東西問光藏，「那東西形狀和大小像大海龜，雖然是金屬做的，不過比這個鼓輕多了。我打開蓋子看，裡面是空的。那個到底是什麼？」

「喔，這個像是老式熱水瓶的內膽，叫做『湯婆子』，你看它的形狀像烏龜，閩南語叫做『水龜』，是古時候沒有暖氣機之前，冬天用來取暖用的。」光藏抱起湯婆子，教他如何使用。「裡面裝熱水，鎖緊蓋子後，塞到棉被裡面去暖被。」

「聽起來真有意思。」阿宏抱過來，仔細端詳。

「你不妨幫這個湯婆子，編個有意義的故事。」

「好啊！」阿宏把這當成第一項功課。「不過，我需要一點時間，好好的想一想。」

「沒問題。」

一整個晚上都沒有客人來講故事換舊貨，阿宏拿著自己的手機，詳讀「瞎掰舊貨攤」粉絲專頁裡的那些故事，跟光藏討論。「我很喜歡〈迷你瓦斯爐〉和〈兩顆子彈〉，這一套《少年廚俠》好像很有趣，也列入我的購書清單中。」

「我有不少靈感是來自這一套書呢！像是〈炮彈鋼刀〉，講的是主角林志達的父親生前不為人知的事蹟。」光藏笑著說，「裡面的鴛鴦劍還跟《紅樓夢》有連結，那一對寶劍，曾是賈寶玉的好朋友柳湘蓮送給尤三姐的定情物。」

「哇！聽起來都好有學問。」

「學問之道無他，就是閱讀而已。」

阿宏聽完之後，把上面提到的書名都寫下來，然後隔天中午跑到書店買了書，認真研讀，配合故事情節加以比對研究。為了給湯婆子編故事，他還在網路上查詢科普知識，試著發想情節，與故事主軸製造關連。

晚上擺攤時，光藏看他非常投入，很是欣喜，不禁提醒他：「最好幫舊貨附加『心理價值』，成為『象徵物』或『隱喻』，才容易感動人。」

「怎麼說？」

「譬如說，」光藏指著手機上「瞎掰舊貨攤」粉專的圖片解釋：「這個〈迷你瓦斯爐〉，是鼓勵人們勤勉工作，做個有用的人。還有〈兩顆子彈〉，表達對依附惡勢力的幻滅，勸人向善。〈炮彈鋼刀〉要世人化敵為友，合作互惠，共存共榮。」

「原來是這意思，我懂了。」阿宏開心的點頭，接著又一頭埋進書堆和網站當中。

這天晚上，阿宏顧攤子，遇到同學跟他媽媽從攤子前面經過。

「陳明進！」阿宏大喊，「陳媽媽好。」

「啊！鄭子宏，你怎麼在這裡？」同學陳明進驚訝的說。

「我在幫忙顧舊貨攤。」阿宏看到他們手上提了一大堆食物飲料和塑膠餐具，忍不住勸告說：「你們怎麼不自備餐具呢？用了那麼多塑膠產品，很不環保。」

「這樣很方便啊！吃完丟進垃圾桶，省時又省事。」陳明進說。

「不行不行，『減塑』很重要，要不然以後的地球會被塑膠垃圾占滿。」

「占滿就占滿，那又怎麼樣？反正那時候我已經不在這世界了，哈！」

「啊！」阿宏突然靈光一閃，跟光藏說：「我想到了一個有趣的故事，不過是科幻題材，可以嗎？這故事跟湯婆子有關。」

「當然可以。」光藏回答。

「陳明進，你先別走，聽我講一個故事。」

「幹麼？」陳媽媽說：「我們不買舊貨。」

「放心，沒要你們買。」阿宏解釋，「陳明進，你聽聽這個故事，裡面有你喔！」

「有我？」陳明進聽了，拉住他媽媽，兩人停下腳步。

「對！時間是西元二二二四年，距離現在一百年後，地點是已經被淹沒的太平洋夏威夷群島附近海面，一座漂浮的島嶼正在航行。」阿宏認真的說著。

「漂浮的島嶼？」陳明進有如丈二金剛摸不著頭腦，一臉迷惑。

「然後呢？」陳媽媽也好奇了。

「由於近代溫室效應嚴重，冰河和冰山已全數融化，全球海平面上升了十公尺，導致許多島嶼和沿海陸地淹沒。」阿宏繼續說，「海洋面積擴大，氣溫飆升，水氣頻繁生成雲系，各地狂風暴雨猛烈，超級颱風數量加倍，四處肆虐……」

◇ ◇ ◇

浮島，是一個圓形漂浮建築，由塑膠熔化後塑形的大浮磚連結而成，面積已達三十平方公里，上面住著幾十萬人。

氣候變化讓人們漸漸失去陸地，只得搬到浮島生活。掩埋在地下的塑膠垃圾在海水淹沒後，源源不絕浮出水面，因此製造浮磚的原料「塑膠」不虞匱乏，浮磚工廠日夜加班，浮島面積日益擴大。

我們這些「新生員」來自臺灣的「潛勢淹沒區」，也就是海拔略高於海平面，可能在未來的三十年內被海水淹沒的區域，例如：我的家鄉，嘉義縣中埔鄉；陳明進的家鄉，臺南玉井區；吳妙娟的家鄉，屏東內埔靠山的坡地。

我們的祖先原本都住在沿海從事養殖漁業，魚塭本來就低於海平面，早在幾十年前已被海水淹沒，長輩們於是往東退到山坡地居住，到現在也即將保不住新家園。我們被挑選到此，便是來學習「後石化產物——回收塑膠再製」的新科技。先受訓五年，實習兩年，之後再擔任指導員兩年，然後把「浮磚造島」的科技帶回去解救家鄉。不過，如果成績優異，可以縮短學習年限，早日榮歸故里，那可是大家朝思暮想的事。

時間：二一二四年七月十一日

地點：浮島

今天的課程是參觀「溫控博物館」，認識老古董的控溫設備，並實際操作。我開了眼界，原來自古以來，溫控設備分為兩大類，一是為了降溫，像是地下冷藏窖、扇子、電扇、冰箱、冷氣機。二是升溫設備，例如湯婆子、手爐、火爐、煤炭爐、煤球、瓦斯爐、暖氣機……

同學們對扇子最有興趣，互相幫對方搧扇子玩鬧，還揶揄說：「這種花力氣的東西，越搧越熱，到底是降溫設備還是升溫設備呀？」

大家笑成一團，除了我。我笑不出來，已經兩個星期了。

不過我對湯婆子有興趣，它的造型是橢圓形的球狀體，看起來像是一隻大海龜，所以又被稱為「水龜」。尤其它裝滿熱水鎖緊蓋子之後，直接放在棉被中，讓人在冬天有溫暖的被窩可睡覺，想起來就很溫馨。我覺得最有意思的是「湯婆子」這名稱，意思是「溫暖如老婆」，能在冬天給同睡的丈夫溫暖，聽起來就很有幸福感。

我從公用的電熱水爐取水後鎖好蓋子，湯婆子瞬間變得燙手，我趕緊放到地上，拿預備好的棉被把它包起來。一會兒之後，我拿出湯婆子，鑽進被窩，感受到滿滿的熱氣灌進全身，非常舒服。

課程結束後，在回宿舍前，我們按規定到交誼廳跟家人視訊。

「鄭子宏，你一定要記得遵照標準作業程序，在結束前，問候家人那邊的天氣如何？」指導員一邊登記，一邊對我耳提面命。「你已經漏掉一次了。」

「嗯！」我敷衍他，隨即坐到通訊電腦前，跟千里之外的爸媽聊天。

這是每週一次的家庭聚會日，每個浮島的新生員在二十歲前的培訓期間，每週固定要跟家人視訊。據主任表示，藉此活動來排解鄉愁非常重要，可以減少擔憂，舒緩壓力，是浮島科技不斷進步的原動力。

我盯著螢幕，認真的說：「媽，你嘴邊的小黑痣怎麼不見了？」

「啊！那個……我點掉了。」

「爸，你的抬頭紋呢？」

「啊，那個……第二十五代肉毒桿菌。你知道的，撫平皺紋的功效……我打了三劑。」

十五分鐘的聊天時間內，我到處對他們挑毛病，以發洩內心的傷痛。一直到結束，我還是沒說出那句話。

主任盯著我：「唉！鄭子宏，你到底怎麼回事？」

陳明進靠到我耳邊說：「小心被取消培訓資格，滿三次就會被遣送回『潛勢淹沒區』。你得為你的家人著想，他們還等著你帶新科技回去呢！」

吳妙娟也說：「我也替你擔心，若是再不配合，你就前功盡棄了。」

我不高興的說：「不必問也知道，他們的回答一定是萬里無雲，風和日麗，就像我們在這裡經歷的一千多天中的每一天。」

視訊後有一個小時自由時間，我走到「動物園」餵食楓葉鼠，散散心。所謂的「動物園」其實只圈養小型哺乳動物，由三十六個直徑三公尺的拱型透明塑膠罩組合而成，楓葉鼠可以在相通的甬道間奔跑，自得其樂。

還記得剛抵達這裡時，指導員介紹島上有三十六個防護小鎮，每個小鎮約有一萬人，上方由緊密的圓拱型黑色塑膠防護罩籠罩起來，對外各有至多六條塑膠甬道與其他小鎮相通，彼此聯繫成井然有序的建築網。而「動物園」便是這標準建築的縮小版。

看著楓葉鼠津津有味的啃著海藻丸，我不自覺把另一顆丟進嘴中嚼起來。海藻丸，奈米化的海藻細粉壓縮成錠，也是這島上唯一的食物，味道像特濃的海苔，剛來浮島時吃著有趣，後來覺得厭煩，現在已毫無滋味了。就像旁邊的綠樹、鮮花、裝飾的小鳥，乃至於撲鼻的花叢香氣，都是塑膠的衍生物，跟鋪滿整座島嶼的綠色地板一樣，全是新科技的產物。而我每天沉浸在塑化的鳥影花香中，早已疲乏無感。

走回學區時，陳明進和吳妙娟還在指導員身邊爭吵，就為了即將到來的慶祝大戲「預約天氣」。

這其實就是「人造天氣」。原本是成為指導員後，才有的「在職增能訓練」，目的是回顧地球千萬年來的天氣歷史，讓人明白曾經消失的氣候型態與原因，同時激勵大家，努力去遏止更糟糕的天氣情況發生。

但據說人造天氣非常消耗能源，不輕易演出。我們新生員在開訓典禮時享受過一次冰雹打頭的震撼與彩虹的驚喜，接下來就只能等到五年後的結訓典禮，才能見識到另一種天氣表演。不過，島主在兩週前忽然宣布要提前一年舉辦，並且開放讓新生員自己決定內容，這才引發不同意見，甚至吵架。

「我堅持要極光。」陳明進說。

「你少沒知識了。」吳妙娟反駁，「極光不算天氣，我要下雪，白茫茫的雪景才漂亮。天氣那麼熱，都幾百年沒下雪了。」

「別聽他們的。」方冠佑也跑來，「我好想看白雲，好久沒有看到藍天白雲了。」

「不要吵，我接到上面的消息，島主這回會盡量滿足大家的需求。」指導員說。

「真的嗎？」大家驚喜歡呼，「耶！」

指導員問我：「鄭子宏，你呢？」

「我？」我一聽，不禁一把火在胸中燃起。「來一場超級龍捲風吧！最好把這裡的一切全都捲走。」

「有趣。」沒想到指導員認真的點點頭。

當初上島前誰會想到，在一成不變的恆溫空調和環形太陽燈組照射下，「天氣變化」竟成了求之不得的奢侈享受。我曾聽指導員說過，他們都把「人造天氣」這門增能訓練當成一大福利，這就難怪好多新生員用功學習，期待早日成為指導員了。

晚餐後，指導員掃描他的指紋，打開塑膠宿舍的房門。我們進到裡面後，門立刻上鎖。

陳明進放膽問我：「問候家鄉的天氣，有這麼困難嗎？」

「我……我……」我吞吞吐吐老半天，想說真話又怕傷大家的心，最終還是放棄。

「你口吃喔！」陳明進不理我了。

好吧！我閉嘴，我不忍心讓他們難過，因為他們也只能難過，而無法改變什麼，那一定更加痛苦。

「預約天氣」的表演時間到了，兩百個新生員滿懷期待的走進會場。

我抬頭去看，頭頂除了耀眼的環形太陽燈組之外，還多了好多超大風扇，和幾組沒見過的大型機器。

長官致詞之後，主持人說：「這一次，島主大手筆要讓大家體會『天氣大觀』，所以，來了！有史以來最奇幻的氣候體驗，現在開始——」

忽然太陽光放亮數十倍。「哇——」滿場的驚叫聲中，四周變成金色沙漠，熱浪襲人，高溫逼汗。

大家紛紛脫下外衣時，飄來數朵白雲。在藍天的映襯下，它們變化外型，一會兒是棉花糖，一會兒是散棉絮。不久，它們聚積在一起，櫛比鱗次，沒三秒後又往下推移，層層堆積，成了大爆炸後的蕈狀模樣。

白雲往外退去，變成黑幕遮天，冷不防變出跳躍的綠光和紅光，上下飄忽震盪。「是極光！」陳明進興奮大叫，眾人目眩神迷。

剎時光芒消失，天上竄出一道道閃雷。「轟隆──轟隆──」

「呼──呼──」狂風吹得人頭髮直豎。

主持人大喊：「龍捲風來了，趕緊抓住隔壁的同學。」

大家聽了，不自覺互相擁抱，凝聚成數個大大的「人團」。

可是狂風已經捲成漏斗形，無情的搖撼著大家。許多人抓不緊，抱不牢，被捲上空中，逆時針飛旋──包括那個無心自救的，我。

昏天暗地，錯亂模糊，我無時不刻上下左右前後旋轉，顛撲狂亂。

「啊──」我開嘴大吼，釋放憤怒，對抗悲傷。

這地獄般的狂飆簡直就像當初我發現祕密時，驚悚狂烈的心情……

兩個星期前，我從螢幕上發現爸媽的臉龐出現細微異常，因而驚訝得忘了說出規定的那句問候語。

回到宿舍之前，我偷了指導員的塑膠杯，碾碎海藻丸成細粉，再運用膠帶黏貼細粉去轉印杯子，取得了他的指紋。我想證實心裡的懷疑，到底正不正確。

熄燈之後，我悄悄用指紋刷開房門，躲在會議室窗外，偷聽幾個指導員和長官們的一日工作會報。

「你們要注意鄭子宏，他今天沒有按照標準程序完成離線。」

「會不會他發覺什麼了？」

「不會吧！他應該只是一時疏忽。這套『ＡＩ人臉模擬軟體』是最新版本，仿真度高達百分之九十九點九，目前為止零負評。」

「你要小心，還不是時候讓他們知道，他們還是孩子，一旦知道了，恐怕一個個都會情緒崩潰，萬一鬧起來，我們無力招架。」

「莫非是『潛勢淹沒區遭到提前淹沒』的新聞，洩漏了嗎？」

「不可能，玻璃防護罩都塗滿黑漆，他們看不到外面，而環形太陽燈組從來沒有失誤過，島內的白日天氣持續晴朗，新生員不可能知道超級大暴雨已經肆虐全球。我們封鎖新聞，他們也無處得知。」

「唉！已經六個月多了，豪雨仍然不停，都已經淹死兩千萬人了，包括日本、臺灣、中國的沿海低地……」

「別擔心，浮島不會有任何危險。相反的，暴雨淹沒各地，我們的新科技才好推廣。我看，我來請示島主，給新生員一點福利吧！畢竟他們失去了家人，值得同情……雖然他們永遠不會知道。」

「失去了家人……」我心中宛如被大浪衝擊，頓時腦中一片空白。難道真的像我想的那樣，我們的家人已經……這是真的嗎？螢幕上我的爸媽是假的，他們已不在人世？我感到天旋地轉，一陣又一陣……

風勢漸漸緩和，地面也向上吹出風阻，讓每個人都平安落地。大家趴著連聲慘叫，卻有不少人大呼過癮。

一分鐘後，燈光微暗，空中飄下棉絮。不！是冰涼的……

「哇！下雪了。」

「耶！真的下雪了。」

我也感到興奮。當所有人驚喜起立，張開雙臂迎接雪花時，忽然「砰隆」一陣巨響，天搖地動，瞬間又將人們摔倒在地。

「啪！」燈熄了，伸手不見五指。

「嗶，嗶，嗶——」警報器響起，大家都感到莫名其妙。

風停了，雪也沒了，只聽得指導員們紛紛大叫：「停電了，空調也停了，大家趕快到塑膠防護罩旁邊打開防護窗，以免缺氧。」

「想不到外面在下大雨。」方冠佑打開黑色的窗子，看到外面的景象，驚訝的說。大家聽了紛紛把視線探出去，果然窗外風聲呼嘯，大雨滂沱。

「什麼時候開始下雨的？我們都不知道。」陳明進困惑的問。

吳妙娟傷心的感嘆：「可惜我美麗的雪景，嗚……」

這扇窗戶上有一道小水流，不斷的往下奔馳，想必是雨水拍在黑色塑膠罩上，匯聚而成的。從室內抬頭望，只有漆黑的天幕，新生員們都不知道，防護罩外緣處處是直下的水柱。

為了呼吸新鮮空氣，大家只能待在窗邊，什麼事都不能做。我隱約聽見指導員們竊竊私語，不久他們看瞞不住了，派其中一人來宣布：「大家不要慌，最近的大暴雨引發了海嘯。剛才一個巨浪打上來，不偏不倚打壞了浮島核融合電廠的熱能轉換機組，你們別擔心，很快就能修好。」

大約半天後，供電恢復正常。指導員們決定安撫新生員的情緒，於是帶大家回到交誼廳，再次跟遠方的家人聊天，建議分享「預約天氣」的精采片段給他們聽。

輪到我時，我看著螢幕中笑容燦爛的爸媽，不知該笑還是該哭。

「嗨！子宏，你怎麼不說話？」那個「爸爸」問。

「子宏，你怎麼了？身體不舒服嗎？」那個「媽媽」問。

我緊閉嘴巴，胸中澎湃不已，腦子只想著：「如果大家知道家人都已喪生，他們能接受嗎？不，我不能說，讓我一人承擔這痛苦就好……」

我好不容易抹去眼淚，假裝開心的對那一對假爸媽訴說天氣變化的趣味感受，他們也興奮熱情的回應我，然後我沉默了幾分鐘。

終於在最後倒數十秒，我哽咽的說：「你們，你們那邊……天氣，好嗎？」

「啪！」一聲怪響後，眼前一片漆黑，又停電了。

「嗶，嗶，嗶——」警報器又響起。大家離開座位摸黑走出去，我聽到指導員跟維修人員在對話：「供電機組突然又壞了，檢查之後，發現剛才沒有完全修理好，系統運作以後造成了更惡劣的毀損。」

「是熱能轉換機組的溫度感知器熔斷了，無法修復。」

「那該怎麼辦？」

「除非有人能進到冷卻的鍋爐裡面去，用超過攝氏八十五度的溫度，讓已經冷卻的轉換晶片啟動運作，才能恢復電力。」

「可是鍋爐裡面非常高溫，怎麼進得去呢？」

「不會，這是新型機組，一旦斷電，鍋爐會在半小時內快速冷卻到室溫。這個任務看似不難，但是轉換晶片啟動的瞬間，鍋爐裡面會產生五千度的高溫，人如果沒有提前逃出來，一定會被燒成灰燼。」

「這可怎麼辦？失去動力的水上航行器，非常容易翻覆，尤其外面風浪仍然強大，隨便一個大浪打過來，浮島很可能被掀翻而沉沒。」

大家束手無策，眼看只有死路一條。

我忽然想到了湯婆子，裡面裝滿熱水後，溫度必定高於攝氏八十五度。如果拿進冷卻的鍋爐，靠在晶片上，那不就解決了。「我去！」我自告奮勇，並且說出我的計畫。

「不行！這太危險了，你會沒命的。」指導員阻止。

「我不在乎。」我想，既然我的家人都已經不在人世了，我自願犧牲。

突然間天旋地轉。

「砰！砰！砰！」連續幾個強烈撞擊，地板嚴重傾斜，全部的人和物品四處碰撞。

「是大浪，糟糕！最嚴重的情況就要發生了……」指導員慌張的大叫，「除非趕緊恢復動力，才能平衡島體，否則傾斜久了，就會開始沉沒。」

「沒時間猶豫了，快帶我去。」我二話不說，跑進「溫控博物館」，把那古董湯婆子裝滿熱水，鎖緊蓋子，裹上棉被抱起來，叫維修人員帶我到鍋爐去。

我依照他的指示進到鍋爐裡面，然後把湯婆子靠近溫度感知器，想辦法恢復鍋爐運轉。就在我成功讓晶片啟動時，我看見一團烈火朝我噴來，接下來就是一片漆黑……

◇ ◇ ◇

「我講完了。」阿宏很有成就感的說，「我在裡面死掉了。」

「喂！鄭子宏，你好過分。」陳明進看似生氣，臉上卻掛著笑容。「居然把我的家人安排在『潛勢淹沒區』，而且還真的被水淹死，我媽好無辜。」

「哎呀！你剛才不是說你到時已經不在人世，我只是讓你們活到一百年後，體驗一下那種痛苦而已。」阿宏也笑著說，「地球溫室效應、冰川冰山融化、海平面上升……都是現在進行式。而這些災難都源自於人們提煉石化能源，燃燒排碳，製造無數的塑膠製品，汙染大地和海洋。」

「好啦，好啦！我下次會帶免洗餐具來買外食。」陳明進笑著點頭。

他的媽媽也說：「我們平常也有做環保，垃圾分類呀！盡量自己煮，減少外食，只是偶爾出來買小吃和飲料，沒有養成帶免洗餐具的習慣，真是不應該。謝謝你的提醒。」說完他們便揮手告別，離開了。

「我的故事說得怎麼樣？」阿宏看著光藏問。

「啊！現在的舊貨成了拯救未來的古董，結合過去、現在和未來，這真有意思，我從沒想過能這樣編故事呢。」光藏佩服的笑著，緊接著眉頭一皺又說：「不過，故事的結局比較沉重，讓人聽了很傷感。如果有個美好的結局帶給人們希望，是不是好一些？」

「我覺得這是最美好的結局了，如果沒有『我』犧牲自己，浮島會翻覆，幾十萬人都會死掉，人類的未來更沒有希望了。」

「聽起來……」光藏歪頭細想。「有道理！」

「這是我從《少年廚俠》第三集中的角色，灶幫的前幫主湯之鮮，所得來的靈感。他行俠仗義幫病榻中的現任幫主去調查真相，後來穿越靈幻界進到《紅樓夢》書稿中，變成了一個老婆婆，大家稱呼他為『湯婆子』，就跟這個增溫設備『湯婆子』同名。」

「喔！有意思。」光藏好驚喜。

「湯之鮮曾經中毒傷了心脈，醫生警告他不能動用真氣，否則心脈會斷掉。但後來為了救志達，不惜動用真氣，而犧牲了自己。就像這湯婆子，把熱能傳給棉被，自己卻慢慢失溫冷卻，是一樣的道理。」

「把這湯婆子講成象徵物，寓意很鮮明，非常棒！」光藏開心的說。

「阿宏，我沒有看走眼，你果然是個說故事的人才。」

「謝謝，這麼說來，我的第一個作業及格了？」

「何止及格。」光藏比出大拇指。「一百分。」

第八話
五彩大龍燈

隔天晚上擺攤時，阿宏拿著手機打起了遊戲。

「你怎麼玩起手遊來了？」光藏問。

「因為我已經把『瞎掰舊貨攤』粉專上的文章都讀完了，閒著也是閒著。」阿宏意興闌珊的回答。

「你可以練習用眼前這些舊貨想一想，有什麼好靈感和好故事。」

「哎呀，那也不急，靈感也不是說有就有，總得要慢慢醞釀嘛！」阿宏推託的說。

這時有個男客人上前，拿起攤子上的大燈籠左看右看。

那是一個可以收攏和打開的桶狀燈籠，上面彩繪了一隻五彩的大龍，龍頭正面朝外，齜牙咧嘴，龍身如蛇繞著燈籠蜿蜒一圈，四隻腳分列左右上下，隻隻五爪賁張，整條龍看起來精壯威猛，氣勢雄偉。

「這個好，真漂亮，我喜歡。」客人高興的問光藏，「老闆，這個燈籠怎麼賣？」

光藏正要開口，阿宏卻上前一步，指向一旁的牌子幫著說：「這些沒有在賣。我們正在徵集舊貨的故事，只要幫舊貨講個有趣的故事，就能免費得到這項舊貨。叔叔，請你幫這個燈籠講個故事吧！」

「啊！」客人先是驚訝，接著為難的說：「這個嘛……這應該是大廟在用的燈籠，比起素色的紅圓燈籠精緻華麗多了，價錢通常也高出許多倍，可是……這有什麼故事？我怎麼知道呢？」客人說完後，悻悻然的離開。

光藏說：「阿宏，你來練習練習，給這個燈籠編個故事吧！」

「好，等一下。」阿宏的視線重新回到手機螢幕上。「剛才玩到一半，讓我重新打一局遊戲，過過癮再說。」

「好吧！」光藏感到有些心冷，語氣扁平的說：「你不用練習了，讓我直接說它的故事給你聽吧！」

「好啊！」阿宏沒察覺出光藏態度的變化，還開心的回話，一邊繼續玩手遊。

「你聽好了……」

◇ ◇ ◇

府城臺南至今還流傳著一個禮俗，那就是在七夕，七娘媽生日那天，十六歲的孩子要到開隆宮去鑽七娘媽亭，行過成年禮。古時家長很重視這個儀式，尤其五條港那裡有許多碼頭的搬運工，男孩子從小就跟著大人一起上工。童工是大人的半價，但只要行過了成年禮，變成大人，工頭就得付給人家大人的工資。

這個故事就發生在清朝的臺灣府城，臺南五條港。

尚立強是碼頭附近貧民窟的窮孩子，父親早死，寡母為了家計四處打零工，把身體都操勞壞了。立強十歲就跟鄰居大哥到碼頭當搬運工，賺取一點微薄的工資，熬到了十六歲，母親歡歡喜喜的帶他到開隆宮鑽了七娘媽亭。回家路上，一陣西北雨打下來，將母子淋成落湯雞，體質虛弱的母親一吹風，竟染上風寒一病不起。立強心急如焚，聽人建議抓了草藥，不料母親喝了不見功效，兩天之後還發起高燒，怎麼樣都無法退燒，就這麼哼哼唧唧了三天，一命嗚呼了。

立強哭得呼天喊地，還是無法喚回母親的神魂，澈底成了孤兒。

在鄰居的幫忙之下，草草辦完喪事，立強回到碼頭繼續搬貨。

工資都是當日結算的。立強忙累了一天，跟以前一樣扛了五十布袋的大米上船，到天黑時，工頭照舊發給他十文。他趕緊說：「不對，我已經十六歲，行過成年禮了，應該給我大人的工錢，二十文。」

「你這矮冬瓜又瘦又小的，哪裡有十六歲？別騙我了。」工頭瞪大眼睛，故意怒目相向。

「是真的，剛不久前七夕時，跟我娘去開隆宮行過十六歲禮了。」立強肯定的說。

「去去去，帶你娘來跟我講，她說了才算。」工頭敷衍的說。

「我娘，我娘死了。」立強想到母親，眼眶都紅了。

「呸！你少唬我了。騙錢也不是這種辦法。」工頭刻意發狠，「十文錢拿去，不要就拉倒，如果再吵，明天你就別來了，我這裡最不缺的就是搬運工。」

立強不拿錢，而是拉來鄰居的小哥。「我有證人，他可以證明。」

「工頭老大，他真的轉大人了。」小哥點頭，確定的說。

「你能做什麼證人？去叫他家的大人，沒娘就叫爹來，不然阿公阿嬤也行。」工頭不甩他們，把十文錢往地上一丟就走了。

立強撿起十個銅板，委屈的哭起來。「娘……嗚……」

小哥無奈，只好安慰他說：「我明天叫我爹來跟他說說。」

立強也只好吞下這口氣，把希望放到了明天。

隔天一早，小哥帶著他爹和立強一起到碼頭，工頭聽了他爹的話之後，竟然說：「好好好，你證明他十六歲了，可是他那一把爛骨頭實在搬不了多少貨，跟其他大人真是不能比。我不用他了，你們走吧！」

立強一聽，澈底絕望了，心中很是不滿，不禁大吼：「那你把昨天欠我的十文錢還給我！」

「誰欠你錢？是今天才證實你十六歲，昨天歸昨天，我可沒有欠你一文錢。」工頭也咆哮回去，兩手不斷朝外推，趕人離開。小哥跟他爹還想說話，工頭放話威脅說：「你也不想在這裡做了嗎？」

他們瞬間閉嘴，立強不想連累別人，不敢再說什麼。

立強回到家，面對家徒四壁，想起以前孤兒寡母的常遭到外人嘲笑歧視，那就算了；而現在母親走了，他不但失去了依靠，還受人加倍欺壓，忍不住放聲大哭。

哭了一陣子後，他感覺頭昏腦脹，便停下來舒口氣。等腦筋清醒了，卻是越想越生氣：「不能就這麼算了，我要去討回公道。」於是他決定化悲憤為力量，撿起一根大木柴，往碼頭走。

來到碼頭，他看見工頭在工寮裡睡午覺，本想悄悄進去偷襲他，但到了動手時又猶豫起來。後來實在心太軟，只好丟了木柴，躡手躡腳的進屋，偷偷解開纏在工頭腰上的錢包。

「誰？」工頭警覺到動靜，連忙伸手護錢包，正好握到了立強的手，便一把抓過來。「是你！」

立強驚慌的把手一抽，掄起雙拳，不斷的朝工頭的頭搥打。「啊！」工頭痛得倒在地上，一邊對外吆喝。「來人啊！抓小偷。」立強一聽，也顧不得錢包了，拔腿逃出屋外。

一群工人聽見了，丟下扛著的大米，跑過來抓立強。立強很快被人抓住，還挨了打。突然一個人衝過來嚷著說：「我來教訓小偷！」一把將立強扭往右邊。這一扭反而讓立強找到機會脫身。「快跑！」那個人輕聲催促，立強這才發現是鄰居小哥。小哥假意和立強扭打並故意摔倒，輕聲提醒：「跑啊！快跑！」立強點頭，趁機逃跑。

看來府城是混不下去了，立強無奈的奮力奔跑。他不停的跑，不知不覺進入東邊的山區，天色也黑了。他在黑暗的林子裡迷了路，渾身疼痛，又累又餓，耳邊還傳來野獸和鳥類的怪叫，嚇得他心驚膽顫，慌亂不已。

忽然，遠處隱約出現一顆豆子大小的光，立強彷彿看見希望，急忙打起精神，往那兒走去。

走著走著，那光芒越來越大，腳下也漸漸出現了堅硬的石板路。立強登上顯現在眼前的石階，一步步踩著石階而上。隨著他離那燈光越來越近，可以看出山腰上掛著一盞燈籠。他加快腳步來到燈籠前，這才看清楚那是一個圓桶狀的大燈籠，上面畫著一隻張牙舞爪的的五彩龍。

「荒郊野外的，為什麼掛著一個大燈籠？難道是用來驅邪的嗎？」一想到這兒，立強背脊發涼，冷不防打了個哆嗦。

他害怕的四下張望，深怕有什麼妖魔鬼怪忽然跳出來，卻不經意看見石階到了這裡突然往右九十度大轉彎，然後一路蜿蜒而上。而這轉折處，依稀有嘩啦嘩啦的水聲從下方傳來，他探頭朝水聲來源處望去，赫然發現正前方地面有個大黑洞，頓時嚇出一身冷汗。

「啊！如果沒有這盞燈的照明，讓我看到這個大轉彎，那麼我一定會傻傻的往前走，然後掉到黑洞裡。」他吐口氣，拍拍胸脯。「好險！好險！」

他往右轉，繼續拾級而上，然後爬了一小段山路，又看到前方有其他微弱的光源。他加快腳程，發現那道光來自一間屋子。

他心中大喜，趕緊上前敲門。「叩、叩。」很快的，有人開了門，手裡拿著一根燭火，是一位中年男子。

「不好意思，打擾你了。」立強客氣的說。

「哎呀！這位年輕人，你渾身髒兮兮的，身上還青一塊，紫一塊，這是怎麼了？」主人驚訝的問。

「我迷了路，天黑又看不清地上，摔倒好幾次，現在不知該怎麼辦才好。」

「你看起來非常疲累，一定餓壞了吧！」主人親切的說，「我這裡有些乾糧，你要是不嫌棄，就先進來填填肚子。」主人把立強迎進去坐，拿出兩顆鹹光餅給他吃。立強餓慌了，狼吞虎嚥起來，主人又去倒茶水給他喝，一邊說：「慢慢吃，配點茶水，不要噎著了。」

「嗯，嗯。」立強顧不得說話回禮，繼續吃喝。

「我叫做林進榮，大家都稱呼我林居士。」主人和善的說：「你呢？你叫什麼名字？」

立強警戒起來，不敢說出真名，便怯懦的編個謊。「我……我叫做夏大壯。」

立強吃飽喝足了，這才鬆懈下來看看四周，原來是一間竹屋。這竹屋比家裡的茅草房大一些，有床，有桌，有椅子，牆邊還放著供桌，上頭供著一尊佛像。那佛像看似一個巴掌大，在燭光的照映下，渾身閃動著黃澄澄的光芒。

「是金佛！」立強好奇的走過去察看，忍不住好奇的發問：「林居士，這裡怎麼會有佛像？這不是寺廟裡才有的嗎？」

「呵，我這兒是間小佛堂，我是在家修行的居士。我喜歡離群索居，在這山林裡跟清風明月相伴。」

「那你靠什麼生活？不用賺錢嗎？買這餅也得要錢吧？」

「餅花不了幾個錢，省吃儉用就過得去。每過三五天，我會到竹林裡挖挖筍子，擔到山下去換點食物回來。」林居士笑著說，「偶爾幾個老友上山來找我談論佛法，也會帶點東西來給我，所以不缺吃穿。」

「哇！真好，我真羨慕你。」立強忽然想起那盞五彩龍燈。「對了！半山上的那盞大龍燈剛剛救了我，要不然，我一定會摔進洞裡的。」

「哈哈！那不是什麼洞，那邊是懸崖，下面是湍急的溪流，如果掉下去，恐怕就沒命了。」

立強張大眼睛，吐吐舌頭，慶幸自己逃過一劫。

「我覺得很奇怪，那個地方掛一般的紅圓燈籠就好了，為什麼要掛那麼漂亮的五彩龍燈呢？是驅邪用的嗎？」

「不是驅邪。」林居士又笑了。「那是山下大廟多出來的大燈籠，我拿竹筍換來的，比一般的紅圓燈籠大得多，可以點長一點的蠟燭，增強亮度。那上頭畫的是威猛的五彩大龍，張大嘴巴像在怒吼，讓人看著精神一振，故意掛在那裡，就是要給過路人打氣，同時提醒他們注意安全。」

「怪了，這裡只有你一個人住，平常晚上怎麼會有人需要照明呢？」

「你可能沒看見，往左那邊還有岔路，走過去又有分岔可以上山和下山。這山林裡，夜間有打飛鼠射山羌的獵人，凌晨有上來採菇筍摘草藥的村民，他們在這些路上來來回回都需要那盞燈，所以我每天傍晚都要去點亮它。」

「原來如此。」

「大壯，你怎麼會經過這山裡？看你的打扮，不是獵人也不像採藥的。」

「我，其實，我是個孤兒，被人欺負追打，逃到這兒來，迷路了。」

立強這才說出了部分的實情。

「別怕，你就待在這裡幾天，隨時想走再走。」

「謝謝你，林居士。」

林居士給立強鋪了個臥榻，疲累的他一躺下，整夜睡得好香。

睡夢中，他恍惚聽見有人在誦唸經文，然後又昏沉沉的不省人事。「噹！」一聲響，他被喚醒了，張開惺忪睡眼，看見林居士在他面前說：「哈！不好意思，敲鉢吵醒你了。我剛才做完了早課，現在要去挖筍子了，你再睡會兒。」然後就開門出去了。

立強發現天已微亮，轉個身繼續睡，直到睡飽了才起床。他感到飢餓，一轉頭看見桌上留著一個鹹光餅，開心的吃起來。他邊吃邊想：「再來怎麼辦？我該去哪裡，怎麼養活自己？我沒學過什麼技能，也不知要去哪裡賺錢，總不能去當乞丐吧……現在這麼落魄，跟乞丐有什麼不同？一切都是工頭害我的，是不是該再回去討公道……」真是越想越生氣。

忽然間，他的視線被亮晃晃的金光吸引。立強挨過去看，正是昨晚看到的那個金佛，就著清晨灑進來的陽光，散發出萬千條瑞氣。

「天哪！這一定很值錢。」他一會兒站在金佛左邊，一會兒站到右邊，仔細端詳它。「如果……能拿去賣錢，我就不必當搬運工，甚至可以當老闆僱用工頭和工人，讓他們幫我賺更多錢，那樣就不會被人欺負了。大家喊我老闆，那該有多麼神氣呀。可是，這樣是偷東西……我便成了真正的小偷，這樣好嗎？」

最終貪念很快打敗其他心思。立強左顧右盼，沒發現人影，便拿起晾在窗臺上的毛巾，把金佛包起來兜在懷裡，開門出去。他回頭朝屋子一望，看見門上有個竹編的匾額，上面有三個字，但他不識字，不知什麼意思。

接著，他往山下跑。經過昨夜遇見的五彩大龍燈，裡面的火已經熄了。他探頭過去，果然看見前方是懸崖，目測有幾丈那麼深，底下是滾滾溪流。他不禁聳起肩膀後退，轉身繼續朝山下奔跑。

因為害怕有人追上來，立強一邊跑一邊回頭，但都沒看見人影，想必林居士採了筍子，已經到山下去賣錢了。他擔心在山下村子碰上他，因此一路躲躲藏藏，找人問路，終於跑回府城家裡。

他先在床底挖個洞，把金佛藏進去，然後若無其事的上街去閒逛，看看有沒有什麼地方可以把這金佛賣出去。

街市上有許多攤販，但是賣古董舊貨的不多，而且那些破銅爛鐵和瓷花瓶，價值都比黃金差多了，如果貿然出手，怕會引起懷疑。立強繞到佛具店，看見人們買了佛像迎回家，心想，應該沒人把佛像賣回給佛具店的吧！又想到那是金佛，可以拿去銀樓賣錢，可是到銀樓外觀望，看見裡面都是金項鍊、玉手鐲，恐怕沒在買賣金佛。後來他經過當鋪，想起以前母親缺錢時，不得已拿父親生前的舊衣服去當鋪換了些錢。

「好！」立強決定這個地方應該合適。

於是，隔天早上，立強挖出金佛，一樣用毛巾包起來，拿到當鋪去。
「這哪裡來的？」沒想到當鋪老闆一看到金佛，馬上皺起眉頭，吐出興師問罪的口氣。
「我，我……撿到的。」他支支吾吾的說，臉上因心虛而冒冷汗。
「唉！別騙了，這種金佛很少見，哪裡能隨便就撿得到？」老闆搖頭嘆氣，又說：「我一看就知道，這是關廟山坡上竹里館佛堂，林居士供奉的金佛。他是修行高深的在家居士，我偶爾會去那裡禮佛，聽他開示佛法。這尊金佛我看過十幾次了，你騙不了我的。」
立強心一虛，低頭哭起來。「我，我……」
「伙計們，把這個小偷抓起來。今天我們不做生意了，給林居士送金佛去。」老闆一聲令下，兩個伙計便衝出來架住立強，老闆捧著毛巾包住的金佛，出門僱了輛牛車，往關廟前去。

來到山腳下，一行人下車改用步行。到了竹屋前，老闆敲門喚著：

「林居士，我給你送金佛來了。」

林居士開了門，看到一群人押著前天借住的少年，又看見金佛和當鋪老闆，馬上知道怎麼回事。不過他堆起笑臉，說：「哎呀！黃老闆，好久不見了，今天是什麼風把你吹來？快請進！」

進了屋子，老闆指著立強，義憤填膺的說：「這小子拿金佛來當鋪換錢，我一看就知道是竹里館的金佛。可惡啊！這小子，偷了你的東西，我帶他來對質，待會下山就送去官府關起來。」

「哎呀！黃老闆你誤會了，快點放了大壯，這金佛是我送他的。」林居士搖頭，笑瞇瞇的說。

啊！立強聽了，心中好驚訝，這是在說什麼？怎麼會是他送我的呢？

「怎麼會呢？這佛堂裡沒有佛，怎麼行呢？」當鋪老闆也困惑極了。

「黃老闆，修行佛法八萬四千法門裡，有一種『無相念佛』法門，是不立佛像，不拜佛像，只在心中念想一尊佛。」林居士解釋，「我最近想開始修行這個法門，本想把金佛收起來，恰好前天晚上，大壯來到這裡借住了一夜，我看他很有佛緣，就送給了他。」

立強一聽，滿心羞愧。

「可是這金佛很貴重的，你送給他，他受得起嗎？」老闆還在懷疑。

「大壯，我忘了告訴你，別把這金佛拿去賣，免得挨揍又挨告。沒想到你會拿去當鋪換錢，這下成了詐欺罪犯，真是我的錯呀！」

「什麼意思？」立強和老闆異口同聲發問。

林居士二話不說，雙手捧過金佛，然後高舉過頭，用力往地上一砸。

「砰！」的一聲，佛像碎裂成好幾塊，東倒西歪。

「啊！」眾人都大聲驚呼。

「這不是黃金打造的金佛，只是泥塑後貼上金箔而已，是我年輕時自己做的。」林居士說著，哈哈笑起來。

「這孩子，你怎麼不說是林居士送你的呢？何必騙人說是撿來的？」老闆不解的問。

「因為……我怕說了，你更不相信。」立強順勢這樣回答。

「原來是誤會一場，趕緊放人。」老闆說完，伙計們便放了立強。

林居士向老闆道謝，然後留下大壯。他們送老闆和伙計們出門，看著一行人離開。

門一關上，立強猛然下跪，聲淚俱下的向林居士道歉：「對不起，我不應該偷佛像，我不該貪心。我不叫大壯，我叫立強。嗚……」

他全盤說出自己孤兒寡母的身世，不久前喪母，之後又遭工頭苛扣工資，還說了要去偷回屬於自己的錢，被發現後挨揍的事。

林居士讓他起身坐到一旁，並且語重心長的對他說：「如果你不嫌棄的話，可以留在我這裡，跟著我一起每晚給大龍燈點燈，然後採採筍子過生活。」

「這樣不是打擾了你的修行嗎？」

「恰恰相反，我年紀漸漸大了，有些體力活做起來感到吃重，反而需要有個幫手呢！如果你願意留下來，我是求之不得。」

「那佛像怎麼辦？我沒有錢可以賠給你。」

「其實，哪裡需要佛像呢？佛在人的心中，心中有佛才真有佛。」林居士說，「你回想一下，當你拿金佛去典當時，這金佛在你心中是佛呢？還是黃金？」

「喔！我懂了。」立強不但大受感動，還隱約領悟道理。

「說起來，我還得感謝你。」

「為什麼？」

「原本我就想修行『無相念佛』，但是長久依賴這金佛，缺乏信心。」林居士懇切的說，「而如今，沒了金佛，正好可以破釜沉舟，毫無猶豫的修行這法門了。」

從此以後，立強跟著林居士在山上修行，由立強洗衣、做飯，每天傍晚去給五彩大龍燈點燃燭火，三、五天跟著林居士去挖竹筍，背下山去販賣，漸漸的兩人情同父子。林居士教他識字、誦唸佛經，一起在心中觀想佛像，讓他有了依託，生活也變得穩定充實，對未來有了盼望。

多年後，林居士過世了，立強繼承為竹里館的新居士。他不立新佛像，而是向來客推廣「無相念佛」法門，信徒如果要送東西供養他，他會請他們把這些錢轉做他用。他說：「請在橋頭或路口點一盞五彩大龍燈吧！再花錢僱請打更的更夫，每夜上更時去點燈，讓威猛的大龍給夜行的人打氣，也提醒他們注意安全。」

從那時起，一盞一盞五彩大龍燈在山下逐一亮起，從關廟蔓延到臺南府城。不論山上山下，凡是夜行的人，都不會在黑暗中膽顫心驚，也不會在黑暗中迷失方向，誤入歧途。

五彩大龍燈點亮了黑夜，也點亮了人們的心。

◇ ◇ ◇

「阿宏，希望你能向立強學習，點燈，也傳燈。」光藏勉勵的說。

「師父，對不起。」阿宏聽到一半時就已經放下手機，這時他誠心的道歉。

「不！」光藏手一揮，輕聲的說：「你不用向我道歉，你完全可以自由選擇，如果你有心想用故事幫助別人，就留下來練習。如果你沒有意願，師父也絕不勉強你，因為人各有志，你去發展自己的興趣，我也會為你高興。咳咳……」

「師父……您別太激動啊！」

「我……胸口痛。咳咳……」

阿宏趕緊從口袋掏出衛生紙，遞給光藏。

「咳咳……」光藏接過來，不但沒有停止咳嗽，還咳得更猛烈，他用衛生紙摀著嘴巴，身子都往前彎了。「咳，咳咳……」

「您怎麼了？怎麼咳得這麼嚴重？」阿宏擔心的問。

「咳！」最後一咳格外用力，光藏終於把哽在喉頭的痰逼了出來。他停止咳嗽，鬆了一口氣，同時張開了手掌。

「啊！」阿宏驚慌大叫，因為那衛生紙中的並不是痰，而是一片殷紅的血。

阿宏太驚訝了，憂心的問：「師父你怎麼了？我們趕快去看醫生。」

「不用了。」光藏把手一舉，笑著說，「已經看過很多次了，你昨天也看到我吃藥，咳咳……」

「師父……」阿宏拍拍光藏的背部，希望能有點幫助。

「咳，咳咳……咳……」不料光藏又狂咳起來，先是咳得臉紅氣喘，後來竟然臉色發白，不支倒地。

阿宏嚇壞了，慌張的打電話給爸爸。他爸爸知道後，急忙叫救護車過來。

第九話

龍舟牛皮鼓

救護車很快就抵達，把光藏送到醫院急診室，阿宏的爸爸幫忙收拾舊貨攤的東西後，也載阿宏到醫院去。經過急救之後，光藏甦醒過來，但體力極差，醫生安排他住院照護並觀察。光藏婉拒了，堅持要回清泉寺靜養。

阿宏的爸爸依照光藏的意願，載他回南投山上的佛寺，下山時又載寺裡的志工去恩主公廟旁，協助把光藏的車開回去。

接下來幾天，阿宏在學校上課時，滿腦子都擔憂著師父的病情，整天魂不守舍。他好想去探望師父，可是那幾天晚上布袋戲團都有演出，爸爸沒法載他去。他只能透過爸爸居中聯繫，知道一些師父的近況。

「沒想到光藏法師回到清泉寺之後，再度陷入昏迷。」爸爸轉述常樂的話。「徒弟們和信徒們商量後，決定遵照師父的心願在寺裡安養，但是大家又不願意放棄治療他，因此集資請了醫師、護理師和兩個看護，把醫院的醫療器材和藥物都搬到山上，在那裡進行照護和觀察，包括一臺可以監視心跳、呼吸、血壓和血氧濃度的生理監視器。」

直到週六上午，阿宏在吃早餐時，爸爸突然跑來對他說：「清泉寺的小和尚打電話給我，說光藏法師醒了，精神格外的好，然後急沖沖的，叫徒弟聯繫一些人上山去看他，其中包括你。」

「我？」阿宏好驚訝。

「沒錯，我現在就載你去。」爸爸說。

「今天沒有演出嗎？」阿宏問。

「本來有演出，但我剛才已經叫同行的朋友幫忙接這一場了，你就放心的跟我去看光藏法師吧！」

聽爸爸這麼說，阿宏巴不得立刻就飛到清泉寺探望師父。

他們開車從臺中出發，到了南投之後開進山路，轉了好幾個圈子，最後來到清泉寺的大門。阿宏看見廣場上停了好多輛車。

一位小和尚自稱常喜，出來接待他們。

走進光藏的禪房，阿宏發現裡面好擁擠，床榻邊圍了好多人。牆邊有一組推車，上面放了醫療器材和監控設備，連接出許多電線貼在光藏的身上。那臺生理監視器螢幕上，隨著心跳脈動，一條條曲線正上下穩定起伏著。

「師父，你還好嗎？」阿宏上前關懷的問候，看見師父不但清醒，而且臉頰紅潤，眼神有光。

「呀，你終於來了！」光藏開心的坐起來，然後指著床邊的人們說：「來來來，我給你介紹。這位是盧彥勛盧老闆，是舊貨界的資深大老，咱們攤上的舊貨都是他善心贈送的。旁邊這位美女是盧美華，盧老闆的女兒，讀國中。這是翁宏岳翁探長，是他提議我把精裝筆記本裡面的十八個故事貼上粉專的。這兩個小和尚都是我的徒弟，一個是常喜，一個叫常樂，他們都是你的師兄。」

「大家好。」阿宏很有禮貌的向大家打招呼，然後笑著說：「我在『瞎掰舊貨攤』粉專上讀過大家的故事，雖然今天第一次見面，卻感到很熟悉呢！」

「大家聽好了。這位同學名叫鄭子宏，是我創立的『瞎掰舊貨宗』的頭號弟子，也是接班人。」光藏驕傲的宣布。

「啊！我們都聽說了，原來是你。」大家都用尊敬的目光看向阿宏。

阿宏頓時倍感尊榮，可是一想到師父咳血又昏倒，忍不住心中的困惑，問說：「師父您那天怎麼會咳血咳到昏倒呢？我看您平常都好好的，不像是生病的人啊！」

「是這樣的。」光藏清清喉嚨，娓娓道來：「我在兩年多前開始乾咳，後來診斷出罹患肺癌，雖然有吃藥治療但效果不佳，到半年前再追蹤檢查，已經是第四期了。我本來想放棄治療，不要拖累徒弟們，於是偷偷離開清泉寺，想找個清靜的地方安安靜靜的死去，沒想到半路遇上盧老闆開車上山找我。他說打聽到最新的肺癌標靶藥物，正在進行人體試驗，對癌末病人頗有療效，因此帶我去醫院試藥，就這麼穩定的控制著。」光藏一股腦把過往病史都講給阿宏聽。「不過，現在連最新的標靶藥物都控制不了癌細胞了。」

「不要……怎麼會這樣……」阿宏難過得紅了眼眶，大家也陷入肅穆沉重的氛圍。

「你們別難過，生老病死是人生必經的路，也都是生命學習的課題。我就是感受到此生即將消失的急迫感，才憑著最後一口氣外出擺舊貨攤，努力的尋找接班人。」光藏因為說了很多話，耗了太多元氣，漸漸變得虛弱無力。「好不容易，咳……終於找到了阿宏。阿宏，希望你也能好好鍛鍊編撰故事的能力，用故事感動人，度化眾生，將來也培養你自己的接班人，把『瞎掰舊貨宗』的精神傳下去……至於我的身後，大家不用替我難過，我會乘願再來，咳咳……」

「咳，咳咳……」光藏又狂咳起來，然後忽然一口氣吸不上來，人又往後倒下陷入昏迷。常喜和常樂衝出屋外找人來幫忙，很快的，醫生和護士跑進來處理，請大家到外面等候，同時關上房門。

大家心情沉重，在外頭無聲的踱步。

阿宏看到不遠處有一座造景庭園，不自覺被吸引過去。那裡沒有花草樹木，只有十幾個黑色的大石頭和遍地細碎的小白石，而白石上被刮出無數水紋般的線條，煞是好看。

「一、二、三……」他自然而然的數起那些大黑石。「十七……啊！」他恍然大悟，高聲驚呼：「這是〈精裝筆記本〉那篇裡面提到的枯山水，每一塊大黑石代表一尊羅漢，而人站在外面看不到十八羅漢。這不是給人遠遠欣賞用的，而是要人親自走進去，才能……」

他毅然走進水紋裡坐下，忽然通電似的充滿靈感——一個舊貨反覆在腦海中閃爍，接著出現好多人、好多話，還有一件重要的事，逐漸凝結成一個具體的故事。

他起身走出枯山水，回到大夥兒身邊。

過了大約一小時，醫生打開門，走出來對大家說：「大家剛才看到法師精神奕奕的講話，那是迴光反照，他正漸漸失去生命跡象。我們遵照他之前表明的心願，不進行積極的搶救醫療。現在就請大家進去，送他最後一程。」

「師父，嗚……」所有人傷心流淚，魚貫走入禪房，阿宏卻忽然拉住常喜，急切的問：「師父的舊貨放在哪裡？」

「你指的是木箱裡的那十八件舊貨，還是後來出去擺攤的舊貨？」常喜反問。

「是最近我們擺地攤的那些舊貨。」阿宏回答。

「怎麼了？你要做什麼？」盧彥勛還沒進房，聽見了他們的對話，走過去問阿宏。

「我想要送給師父一個舊貨的故事，來為他送行。」阿宏認真的說著。

「原來如此。」盧彥勛點點頭。

「舊貨都在師父的車上，我帶你去拿。」常喜說。阿宏跟著他來到車庫，在後車廂找出心中的那件舊貨，然後抱起來衝回禪房。

只見眾人已經圍在光藏身邊，默默的流著淚。阿宏忍著悲傷，來到光藏面前，莊敬的說：「師父，這個龍舟牛皮鼓，是我們攤子上的舊貨之一。現在我要為它說個故事，這個故事是專門為您準備的，相信您聽了之後，會明白我的心意……」

那個週日天氣太熱了，我們一群人不打籃球，改到溪邊打屁聊天，一邊打水漂消磨時間。

我叫鄭子宏，大家叫我宏哥，今年就讀高一，是這群人的老大。這群人指的是龍貓、阿牛、滷蛋和卡丘，四個國中生；還有阿發、皮皮和小明，這三個是國小六年級。大概是因為村子裡孩子少，我們「三代人」才常常混在一起。

小明是個胖子，水漂打沒兩下就滿身大汗，他說：「好想下水去涼快一下，可惜溪水太混濁了。」

「聽說這條北港溪，以前水很深也很乾淨，來自唐山的商船可以從出海口開進來，直達我們南港村。可惜後來泥沙淤積，只剩我們村子這一段還能走小船。」滷蛋認真的說著，一副很有學問的模樣。

「我爸說以前端午節會在這兒舉辦龍舟競賽，後來不知道為什麼就停辦了。」皮皮隨口說。

「臺灣山高坡陡，溪流短淺，每次颱風來下暴雨，把山上的土石沖刷下來，沒多久就會讓溪流淤積，尤其下游地區堆積最明顯，海埔新生地就是這樣來的。」龍貓不愧是班上前三名，學問不錯。

「說這些廢話都沒用啦！天氣這麼熱，待在溪邊卻不能下水，真是夠嘔的！」我發起牢騷，一邊提議，「我知道社區體育館的游泳池中午會關閉兩小時，這期間管理員回家睡午覺，沒人看管，我們可以爬牆進去。現在正是休館時間。」

「耶！」他們一聽，不約而同跳起來歡呼。我們直奔泳池的圍牆，看了看四下無人。「不用看了。」阿牛笑著說，「這麼熱的大中午，大家都躲進冷氣房睡午覺了，誰會看到我們啊？」

確實。太陽高高的掛在頭頂，毒辣的烘烤著大地，我感覺整個人都快融化了。

我們用疊羅漢的，互相幫助，逐一翻過高高的圍牆，然後脫了上衣和外褲，只穿內褲直接跳進泳池。

「喲呼！好涼！」八個人大呼小叫，互相潑水取樂。

實在是太爽了，水中清涼舒暢，讓人暑意全消，而最叫我開心的，是省下八張門票錢。

忽然一個老阿伯扛著一根大木棒走進來，大家看見愣住了。我心想，該不是有人去通報管理員，管理員一氣之下拿著棍棒來驅趕我們吧？同伴們把我當成老大，該怎麼應付才好？我整個人警戒起來。

大家都收斂動作，互相使眼色，緩緩聚在我身邊。我鎮定下來先觀察，心想：如果挨了罵，我們有八個人，可以不理他，耍賴繼續玩。不過如果他揮動棍棒要打人，那我只好帶大家拍拍屁股走人，雖然有點丟臉，但是識時務者為俊傑。

出乎意料的是，那個老阿伯完全無視於我們的存在，二話不說就坐到岸邊，開始把木棒伸進水中，像划船那樣，翻攪出一道道的水波。

「呼！」阿發拍拍胸口，輕聲的說：「警報解除。」

我笑著說：「不管如何都不必怕，有我宏哥在，大家安啦！繼續玩。」

我們又回到水池中央，歡快的玩水。可是不對呀！老阿伯的木棒從岸邊不斷的攪出高高低低的波浪，一道又一道向我們盪漾過來，害我們隨著波浪浮浮沉沉。沒多久我就感覺暈頭轉向，很不舒服。

「天哪！我頭好暈，好想去揍他。」龍貓發狠說。

「不行啦！」阿牛拉住他。

我超前大家游了一大步，然後起身回頭伸手，作勢叫他們停止。然後我游上岸，跑去向老阿伯抗議：「阿伯，你用木棒攪出很多波浪，害我們沒法好好游泳。」

「哎呀！不好意思，我是來運動練臂力的，以前我們船隊都在休館時間來練習划槳。我常常來呀！卻從沒看過有人在這裡游泳。你們是偷跑進來的吧！」老阿伯笑著說，口氣中並沒有責備的意思。

「啊！我們是……」我心虛得啞口無言。

他不理會我的回話，拿起半泡在水中的木棒，我這才看出那是一根船槳。

我回頭作勢要大家過來，他們收到指示，紛紛爬上岸靠過來。

「阿伯，你剛才說什麼船隊？」我好奇的問。

「龍船隊呀！」老阿伯回答。

「什麼？真的有龍船？」大家看向皮皮，因為他在溪邊時才提過龍舟競賽。

「有，是兩艘很漂亮的龍船，到現在已經十幾年沒下過水，但是還很完整，完全沒有損壞。」老阿伯索性提起木槳站起來。「你們想不想看？跟我走，我帶你們去看。」

「走就走，誰怕誰？」我這麼說，當然是故意在小弟們面前展威風。本以為老阿伯會不高興，沒想到他依然興沖沖的，彷彿把我也看成老朋友，一點也不計較。

他扛著木槳，朝著溪邊的方向走去，一路帶大家來到了水仙宮。

這座廟我之前來過幾次，因為聽說裡面供奉的水仙尊王很靈驗，所以我爸以前準備公職考試時曾帶我來陪他一起拜拜。後來他考了三年，終於考上地方特考，當上公務員。

老阿伯跟櫃臺人員揮個手，熟門熟路的往後面走去，我帶一群小屁孩跟在後頭，心裡有種「尋寶」的期待與刺激感。

來到一間廂房前，老阿伯拿出鑰匙打開門，眼前赫然出現兩艘大龍船。

「算一算，已經十五年沒下過水了。」他伸出指頭數了數，然後摸著龍頭和龍身，一邊讚嘆的說：「雖然有點掉漆，但還很完整。只是很可惜啦！沒有下水的船，就跟鎖在車庫的法拉利汽車一樣，如果它們會講話，一定會哭著說：『放我出去，放我出去！』」大家都被他的話逗笑了。

我忍不好奇問他：「聽說以前端午節，我們的村民都會到北港溪去比賽划龍舟，後來卻停辦了，究竟是為什麼？」

「對，十五年以前，每到端午節，大家都會在溪裡舉辦龍舟競渡，就用這兩艘龍船。」老阿伯一邊感慨的撫著龍船，一邊說：「但是後來，大都市發展起來，我們這小村子沒什麼就業機會，年輕人都到都市去找工作，留在村裡的不是老人就是小孩。老的，一個個陸續離開人間；小的，一年也生不了幾個，加加減減的，根本組不出兩支船隊，也就無法再賽龍舟了。」

「好可惜，我都沒看過。」說這話的是卡丘，其他人沉默不語，想必都有同樣的遺憾。

「水仙宮主祀屈原大夫，我是廟公阿土伯。你們也知道划龍船的由來，為的是紀念投江的屈原，而這些年來端午節卻都沒有龍舟競渡，叫人難過啊！」老阿伯又說：「再過幾天就是端午節，我看你們有八個人，要不要乾脆組支船隊，跟我們大人比一場。我去找人來，八個對八個，輸贏不重要，還有紅包可以領。怎麼樣？要不要？」

「哇！有這麼好的事。」我興奮的說。

那七個小弟弟看我這麼說，馬上齊聲附和：「我要參加。」

我轉身，伸出雙臂把他們圍成一個圓圈，認真的說：「有誰要退出的？現在就舉手，大方的說出來，沒關係，不要到時候後悔了不來，那就沒有江湖道義了。」他們面面相覷，果然沒人舉手。

「我們人啊！最重要的就是義氣。」我補上一句。

「義氣！義氣！義氣！」他們同聲呼喊這兩個字。其實，我知道他們心中想的跟我一樣，都是「紅包！紅包！紅包！」

這消息隨著外地親友陸續回來歡慶佳節，很快的傳遍了村子。

端午節早上，我們依約來到水仙宮，裡面真的有一堆老人。這些人平常都癱坐在門口，陪老狗晒太陽，要不就是聚在老榕樹下喝茶、下棋。他們發抖的手可不是常常讓茶湯潑出來嗎？這些人要和我們年輕人比賽，真是太有趣了。

大家合力把龍船抬上推車，然後推到溪邊。已經有許多人等在那裡，還布置好供桌。經過一番隆重的祭祀後，龍船下水了。

「誰掌舵？誰打鼓？」阿土伯問我們。大家都聳聳肩，無法回答。

「我的力氣最大，應該我來划槳。」我說。

「不對！划龍舟講求左右平衡，你們隊裡只有你一個高中生，力氣最大，很容易讓船身一邊受力強，一邊受力弱，兩邊不平衡。」阿土伯說。

「那會怎麼樣？」阿牛問。

「繞圈圈。」阿土伯說。

「哈！哈！哈！」大家都笑了。

阿土伯又說：「我看宏哥是團體中的老大，適合打鼓指揮隊員。至於掌舵的人，就找力氣最小的來擔任，但是方向感要好才行。」

「力氣最小的，方向感……阿發，就你了。」我下令，但其實我不是很了解誰最適合，只是因為阿發最瘦弱，又戴著一副眼鏡。

「好的。」阿發大方接下任務。

其他六個人沒有異議，都是划槳手。我們魚貫上船，我坐在船頭後面，面向隊員們說：「等一下比賽開始，我敲一下鼓，你們就划一下槳。有沒有問題？」

「沒有問題。」他們開心的回答。我看向另一艘船，老人們沒有猶豫，不需討論，很有默契的上船，各就各位。

「加油！加油！」岸上傳來高昂的聲音，我們的親友團來看熱鬧，順便幫我們打氣。我雖然感到光榮，同時也倍感壓力，因為……如果輸給七、八十歲的老公公們，那可是很丟臉的。

兩艘船原本用繩索繫在岸上的兩棵大樹上，這時有人過去解開。

「各就各位，預備……」

「砰！」一聲槍響，比賽開始。

「咚！咚！咚！」我開始敲鼓，六個划槳手試著跟上我的節奏。阿發盯著前方，緊張兮兮的調整舵的方向。

「咚——咚——咚——」老人隊的鼓聲響徹雲霄。我看到他們的船在我們身邊緩緩的前進，而我們的船居然開始在溪中繞圈圈。

「啊！右邊，阿發，右邊！」我慌張的叫著，「不對不對……啊！左邊，左邊啦！」

我一邊敲鼓，一邊慌張的指揮阿發，卻見他忙亂無比，無所適從。不久之後，他一臉氣急敗壞，惡狠狠的瞪著我。

不知多久，老人們已經越過終點線，打鼓的人起身奪標。而我們還在原地繞圈圈，最後是龍頭逆向目標，擱淺在岸邊。

比賽結束，老人們過來幫我們把船拉回正確方向，靠了岸，並綁上繩索。

我們慢慢的走下船，大家都不說話，還紅著臉，因為非常丟臉。

阿土伯開心的說：「呵呵！太好了，今年總算讓龍舟下水航行了，還辦了比賽，恢復了傳統。」他跑去拿來一疊紅包，要發給大家。

我不服氣，大聲抗議：「不算，重來，我們第一次划龍船，不公平。」

「對，不公平，不公平，不公平……」其他人跟著我起鬨。

老人們驚訝的彼此對看。阿土伯爽快的說：「沒問題，奉陪到底。」

他把紅包交給一個婦人保管，然後所有參賽者都各自回到自己的船上，重新來到起點。

兩艘龍船比了第二次，我們還是繞圈圈。

我們少年組為了爭回面子，不斷的要求再次挑戰。結果我們只是繞了一圈又一圈。

到最後這一次，我們終於能夠筆直前進，不過我感覺我們不像是去救屈原，而是在救我們自己。「咚！咚！咚！」我不斷敲著鼓，一邊提示阿發。「左邊一點，太過去了，右邊，右邊……」

可惜龍船終究無法準確的朝標旗前進，害我不能奪標。

最後，大家累癱了，不想再玩了。

上岸時人人得到一個紅包和一大串肉粽。眾人歡慶著端午節，吃著香噴噴的粽子，而我們這群敗陣的公雞卻感到無地自容，很不是滋味。

為了雪恥，幾天後，我們去找阿土伯商量，借龍船給我們練習。

阿土伯說：「不急，離明年端午還早，你們先到泳池練划槳，用打鼓聲培養默契吧！暑假不是快到了嗎？」

「有道理。」我說完，大家也紛紛附和。

暑假第一天的中午，我們跑去水仙宮，借了龍舟牛皮鼓，扛著船槳到泳池去，然後在池邊坐成一排，開始練習划水。

我一邊敲鼓，一邊喊口令：「一、二……一、二……」

阿土伯隨後來了，在我們對面撥打手機，打了好幾通。不久對岸也來了一排划木槳的老人，跟我們較勁。

兩組半圓形的水浪分別從池邊擴散開，然後匯集在池中激盪出一條高高的波峰。我們賣力划水，想使波峰遠離我們，可是對手不是省油的燈，波峰不時向我們逼近。

幾番奮戰之後，我們終於勉強將它推離泳池的中線。

我猛抬頭，看見對岸的阿土伯樂得合不攏嘴，還露出幾顆老牙對我們說話，但嘴巴一動一動的不知在說什麼。

「什麼？你講大聲一點。」

「少年人，加油！」阿土伯大喊。

「咚！咚！咚！」我不自覺的把鼓聲敲得更大聲，心裡卻不停告訴自己：「明年的端午節，我們一定要奪標……」

「咚！咚！咚！」阿宏敲著龍舟牛皮鼓，說：「師父，請你放心，『瞎掰舊貨宗』不會只有我一個傳人，我會號召更多人加入，為舊貨編撰故事來感動大家，一起用故事來救世濟民，度化眾生，實現您的遺願。」

看著生理監視器上，心跳的曲線波動數越變越少，最終歸於一條沒有起伏的水平線，機器不再有任何偵測響聲，阿宏手上「咚！咚！咚！」的鼓聲卻接連敲下去，彷彿在延續光藏的命脈。

眾人都含淚下跪誦唸佛號，恭送光藏法師離開人間。

「咚！咚！咚！」阿宏停止流淚，高舉雙臂，屏氣凝神，用盡全力，把那鼓聲打得震天價響。「咚——咚——咚——」久久不停……

（《瞎掰舊貨攤4：五彩大龍燈》全文完）

少年天下 —— 090

瞎掰舊貨攤 4：五彩大龍燈

作　　者｜鄭宗弦

責任編輯｜李幼婷
封面設計｜Dinner illustration
內文排版｜旭豐數位排版有限公司
特約編輯｜戴淳雅
行銷企劃｜溫詩潔

天下雜誌群創辦人｜殷允芃
董事長兼執行長｜何琦瑜
媒體暨產品事業群
總經理｜游玉雪
副總經理｜林彥傑
總編輯｜林欣靜
行銷總監｜林育菁
主編｜李幼婷
版權主任｜何晨瑋、黃微真

出版者｜親子天下股份有限公司
地址｜台北市104建國北路一段96號4樓
電話｜（02）2509-2800　傳真｜（02）2509-2462
網址｜www.parenting.com.tw
讀者服務專線｜（02）2662-0332　週一～週五：09:00~17:30
傳真｜（02）2662-6048　客服信箱｜bill@cw.com.tw
法律顧問｜台英國際商務法律事務所・羅明通律師
製版印刷｜中原造像股份有限公司
總經銷｜大和圖書有限公司　電話：（02）8990-2588

出版日期｜2024年2月第一版第一次印行
定　　價｜350元
書　　號｜BKKNF083P
I S B N｜978-626-305-653-4（平裝）

訂購服務 ——
親子天下 Shopping｜shopping.parenting.com.tw
海外・大量訂購｜parenting@cw.com.tw
書香花園｜台北市建國北路二段6巷11號　電話（02）2506-1635
劃撥帳號｜50331356　親子天下股份有限公司

立即購買 >

有聲故事書

國家圖書館出版品預行編目資料

瞎掰舊貨攤4：五彩大龍燈/鄭宗弦文. --
第一版. -- 臺北市：親子天下股份有限公司，
2024.2
240面；14.8X21公分. -- (少年天下；90)

ISBN 978-626-305-653-4 (平裝)

863.59　　112020252